我55個賺到錢的
斜槓人生

許人杰

——著——

斜槓自序

開始產生想寫這冊書的念頭，是來自臉書上面曾經引起小小熱潮的一個趣味貼文，板主可以列出十個工作，讓大家猜猜其中哪一個是沒有做過的。我頗覺有趣，就上去玩了一下。第一次貼文，我輕鬆地想了九個我做過的工作，再幻想一個沒做過但其實很想做的工作放上去，讓我的臉友猜。結果發現並不是每個臉友都可以輕易挑出那個我未曾從事的工作。我興致來了，於是又想了一下，竟然還可以再列出九個曾做過的工作，當然，另外那個夢想中的工作其實不難想。然後，我上癮了！繼續想，繼續貼文，沒想到就這麼……第三次，第四次，第五次，我竟然列出了四十五個自己曾經賺到錢的工作，連我自己都嚇一跳。

我回頭去看看這些工作，幾乎都有賺到錢，大錢小錢都是錢，生活花費加上房貸車貸還有孩子的奶粉錢，就是這樣賺進來花出去的。有些工作打從接案後就沒想過要收錢，往往都是友情贊助、義務幫忙；有些卻是花了時間和力氣，中途被砍價，或者最終沒拿到錢。想著想著，好像在回顧這半生的掙錢日誌，於是我覺得要好好地想想：「到底我賺過什麼錢？」未料這麼一想，竟然拉出五十幾個曾經賺到錢的工作，支撐了我這前半輩子的生活，讓我安穩順利走過來，少些經濟焦慮。

我回首過往曾經參與這麼多工作，還幫我賺到錢，突然想寫個類似回憶錄的工作筆記，免得年紀越大，忘得越多。我的斜槓人生，其實是不務正業，有斜無槓。「斜」是斜了，卻又每一樣都不是搞到非常專精、站上顛峰頂點，哪來的「槓」？我只是想藉由五十五個曾經靠勞力賺到錢的工作（差事），回憶過往經歷過的那些事，還有曾經陪伴過我、幫助過我的那些人。我感恩他們在不同時間，用不同的方式，讓我感受生命的美好。

最後真正讓我決定找一段時間把這些工作寫出來，倒是來自一個體悟。這幾年有幾位曾經在我生命中幫助過我的長輩，或者過世或者身體狀況不佳，在思念或探望他們之後，我發現在我曾經做過又賺到錢的工作背後，其實有很多讓我懷念和感恩的故事。錢，固然很美；賺錢，當然很重要；但賺錢的過程，最珍貴，因為這過程連結了很多的人、事、物，還有因為他們所串起的回憶。在回憶裡我可以去感受他們的真心暖意。親人、恩人、達人、友人，都在我的工作生活中陸續出現，成為照亮我生命的最美身影。我在感動、感恩、感謝他們的同時，也希望分享他們與我的故事，即便是透過賺錢這樣俗氣的元素來陳述往事，但他們的真情、暖心、善意，都寫在這冊書裡。願把這些故事分享給你。

目次

童年／青少年時期

從靠雙手雙腳的臨時工，進階到靠腦袋賺錢的工作，疲累，恐懼，羞澀，叛逆，卻也感覺到人間的真情、溫暖和義氣。

青年時期

從非法零工走向第一份正當又正常的正職工作，賺了錢，卻存不了錢。

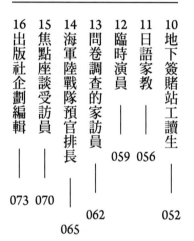

留學時期

當沒有獎學金支助時，只好去餐廳當洗碗工，去活動中心當警衛，東湊西補，總算沒有餓倒街頭。

返國工作——專職

飲食，治裝，買房，買車，成家，生小孩，養小孩，繳保險費，存退休老本，全靠這些穩定的收入來源。

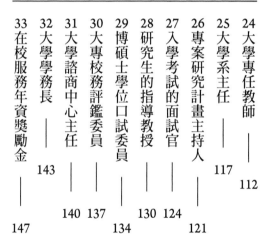

返國工作——兼職斜槓

大學老師勇闖實務界討口飯吃，邊吃邊學邊懂人情世故，順勢走上媒體的前台。

返國工作——大斜槓

別問我「還有什麼能做？」，我不知道；但我只知道「哪有什麼不能做?!」

童年／青少年時期

從靠雙手雙腳的臨時工，進階到靠腦袋賺錢的工作，疲累，恐懼，羞澀，叛逆，卻也感覺到人間的真情、溫暖和義氣。

01 外婆買米酒的跑腿

我童年時期的外婆，只有在每年暑假時才會見到，她一直就待在南部的一個小小村莊裡，跑跑市場，幫人洗衣服，串串門子，但就是足不出村。每年的暑假，我父親單獨留在台北賺錢，母親就會帶著四個孩子回到娘家（舅舅家）住一個暑假，那是每年最開心的一段時間，不用上課、沒有作業（暑假作業早就在台北寫完），只管和左鄰右舍的孩子一直玩、一直玩。

舅舅是這個大家族的兄長，也是外婆唯一的兒子，在鐵路局有份穩定的工作，但因為生了很多孩子——在舅舅家，我有兩個表哥，五個表姊妹——所以常常在小學開學時要張羅學雜費和一些開銷，以致這些表哥表姊妹早早就輟學去鄰近的加工廠工作賺錢養家。我母親是么女，最受寵，所以當母親帶著我們回到「草地」（鄉下）時，總是舅舅家和附近人家的大新聞，大家都會說：台北囝仔回來了！

舅舅一家都對我們幾個從台北回來的小孩特別照顧，吃飯也總是擺上最豐盛的料理，滷肉是很大一鍋的，炒青菜也是大盤大盤的，魚也是大尾大尾上桌。飯桌，只有大人才可以上座，小孩子都只能拿著碗，盛飯夾菜後，端到黑白電視機旁邊看節目。這才發現，大人們的晚餐，可以從開始天黑的時候一直吃到電視收播。

舅舅喜歡喝酒，外婆也是，他們都喝「晃頭仔」（米酒頭仔，米酒），每每喝完卻還想再喝（其實這是常態），就會使喚小孩子到附近的雜貨店去買，福利則是外婆會從找的零錢裡面挑個銅板當作報酬，五毛一塊錢的。外婆特喜歡找我去買，所以總是在想要找人去買米酒前，先用眼神示意我，讓我知道她即將詢問誰要去幫忙買米酒，然後我總是預備好，所以都會是第一個舉手，標到這個差事任務，當然就會獲得小小的零錢，隔天去雜貨店戳個洞洞樂，抽張紙牌換運氣，或者直接買個小零食解饞。

我人生的第一筆收入，雖然「酬勞」很少，但卻是我和外婆之間的默契，那是我很多年很多年一直惦記著的溫暖。

我青年時期的外婆，已經在天上了。希望在天上，還是有她愛喝的「晃頭仔」，也有一個可以跑腿的孩子，幫她買酒。

我沒怎麼提到我的外公，因為他比較嚴肅，整天都在畫畫、抽菸，還有吃著賣藥商人定期帶來賣給他的藥（或者換掉過期的藥），喝著隨藥奉送的咖啡塊沖泡的咖啡。對於外公，印象深刻的有兩件事，一件是外公抽的菸都會塗上綠油精。一直到我長大多年後，只要聞到那個味道就會想起外公在抽菸的樣子，他邊抽菸邊望著他的畫作的神情，其實很動人；另外一件就是外公經常大聲呼喊斥責小孩子的聲音，因為他怕吵，又怕我們玩球不小心打破玻璃，或者碰倒他作畫的顏料。所以，我們都怕他。但他的水墨彩畫，據說已被市場行家偷偷收藏，那是我長大以後才知道的事情。

02 賭場的紙牌整理員

在南部外婆家的夏天，並不是都和其他人家的小孩子一整天在玩，往往要做點增產報國、有貢獻的事情。

先談談我的外婆吧！她也是家族裡面努力掙錢的一份子，別看她是家中的高齡婦女，手腳動作十分機靈敏銳，力氣十足。她在村子裡面是一位負責幫孕婦或有錢人家洗衣服的婦人，早晨當我還在睡覺的時候，她就出門了，每天都會繞個兩、三家，洗洗衣服尿布（以前人家的尿布都是布做的，髒了就洗淨晾乾，重複使用）。她總是穿著一件棉麻質地的無袖薄衫，說這樣好工作，也不會弄溼衣服袖子。就那麼一件穿上身就出門了，夏天不穿外套還好，冬天就冷了吧!?但有一年在外婆家過農曆年，順便待了一個寒假，才發現外婆連冬天出門幫洗衣服，也是無袖薄衫一件。外婆身體好，從不看醫生（雖然我不知道她是否曾經感冒），也或者和她每天喝米酒頭有關。

外婆的另一個收入是她在家裡經營一個小型的「茭間」（賭場），只提供玩家「四色牌」，玩所謂的「十胡」。她主要工作就是提供場地、提供四色牌、幫大家送吃的喝的，當然重點角色是「東茭」（抽頭）；有時賭客湊不齊時，或臨時有事離開，外婆也會下去「貼腳」（補位子），這時最喜歡外婆贏牌，因為可以分紅，所以喜歡黏著外婆摸牌打牌，後來慢慢懂了牌局規則，外婆就常常叫我不要亂出聲音亂講話，或把她一手好牌喜形於外，但不論如何，偶爾還是會吃到外婆贏牌的紅。

但那不算是我的「收入」，因為我並沒有花力氣，不是勞力所得；我從外婆經營賭場所拿到的酬勞，其實是在開局前的早上時間。因為牌局大都在下午，附近人家吃完午餐後，阿婆阿嬸阿姨阿嫂各路英雌就會陸續過來開局，外婆把房間的黃色燈點亮，然後就可以開出兩到三桌。但其實沒有「桌子」，大家都盤坐在榻榻米上面，幾個人圍成一圈，我們送上四色牌，他們就可以開始廝殺了。

從批發買回來的四色牌，必須事先一副一副打開、弄散，再整理成束，用橡皮筋綁起來，一組一組放在一個大箱子裡面，每天大概要弄個數十束到上百束，雖然簡單，但還是需要一點時間和人力。在家的大人早上忙著工作（市場擺攤或買菜洗衣煮飯），所以像這樣的「重責大任」就落在我們小孩子身上，一回生，二回熟，慢慢地不消些時就能把下午的用牌整理完畢。之所以需要這麼多副四色牌（不像麻將牌，一副打到底，打幾圈都那一副牌），是因為它是一種紙牌，又不像撲克牌那麼大張；細長的四色牌，寬度大約只有一公分，因為擔心抽牌會同時摸起兩張，所以他們通常會沾口水來抽牌（半黏半抽地把牌抽起來），以致容易沾溼的四色牌髒損很快，大概一副牌玩個五、六次就得要換新了；或者有人覺得賭運不好卻怪罪那副牌、喊換牌，也就換新牌上陣了。

正因為這樣，每天我們小孩子就會幫忙把一副一副四色牌事先各自拆開，打散弄亂，再整理成束，放入大箱子裡備用。這份工作，也就換取了一些零用錢，雖然每次看外婆高興給多少就多少，也大都只能去柑仔店（雜貨店）買個小零食或抽幾張牌對獎而已，但卻是我小學時期每年暑假回外婆家，用勞力和時間賺來的報酬。

番外篇

學校上課時，老師都說不能賭博、賭博是違法的行為；但暑假一回到鄉下的外婆家，這樣的道德或法規，好像也沒有怎麼落實，甚至久了之後也慢慢習慣。

或者更正確地說，因為我覺得外婆做的都是對的，就算不太好，也應該被原諒。警察很少來，倒是附近人家的阿公阿伯大叔大哥會過來喊人回家做飯，因為這些阿婆阿嬸阿姨阿嫂偶爾會玩到過了回家煮飯的時間，還欲罷不能。有時警察會出現，據說也都是因為這些阿公阿伯大叔大哥去檢舉，不得不來，警察來了就罵兩句，然後大家一哄而散，各自回家。當然，隔天還是繼續開戰。

03 塞宣傳單的工讀生

國中，應該是我這輩子最苦悶、最空白、最慘綠的時期，日子裡都在讀書和考試，尤其國二被分到升學班以後，這樣的日子簡直就是變本加厲。國一開始，我在下課後跑補習班，是常態；三更半夜不睡覺準備小考，也很正常；考試成績不佳遭受體罰，更是家常便飯，不是什麼奇怪的事。生活中唯一有點變化、有點樂趣的，除了那個偶爾會上的體育課外，就是在課後……學校前往補習班和從補習班回家的兩段路上。因為我常會岔開這兩段「正路」，跑去玩個兩、三局彈珠台，才甘心去補習或回家。我喜歡去打彈珠台，可能也是因為有彈珠碰撞的音效和搖晃機台的震動，都讓人顯得特別來勁，可以感覺到生命躍動的存在感。後來，我玩彈珠台的技術變厲害了，甚至有時打到店家要打烊的時候，我還有很多「台數」（只要超越設定的分數門檻，或者打中偶會出現的獎勵目標物，就會贈送台數，可以繼續玩），最後店家還真的讓我「寄放」到隔天再來使用（他比我想早點休息）。

所以，這種不是被大人喜歡的「課外活動」，也是要「繳學費」的，零用錢不夠花，就看看有沒有什麼掙錢的機會。一個國中生能幹什麼差事掙錢呢？還好有補習班發傳單的工作，補習班班導會在班上徵求工讀生，而我也喜歡去做，一來可以賺點零花，二來可以稍微脫離日復一日的讀書生活。所以每次都跟母親說，補習班班導要我們假日去幫忙發傳單；但工讀金，絕口不提。

補習班的班導會開車載我們幾個去幫忙的同學到目的地（當然都是我們當年搞不清楚東西南北的地方），放我們和幾摞傳單下車後，告訴我們大致在什麼區域範圍裡面，以及如何把傳單一張一張塞進住家的信箱裡，發完就可以解散回家；最後，告訴我們去哪搭公車回補習班，然後，車子就開走了。記得我第一次發補習班傳單，是在一個冬天的早上，好冷，我和另外幾個同學斜背著書包，裡面塞滿傳單，在大馬路和巷弄裡穿梭，看到屋宅的信箱就塞，看到路過的行人也給，尤其年紀很小但是很好奇的小孩子，特愛跑來跟我們要傳單，我們也只好「人人有獎」。發完書包裡面的傳單，再回到下車處的路旁，把整摞的傳單拆散，取一摞裝滿書包，再去發，往往直到中午才結束，手痠腳痠。

記得當時，每次大概都可以得到一百五十元的工讀金。我都會拿那個賺來的工讀金，先去吃午餐，大概花掉三十元；再去彈子房用掉五十元（和同行的人分擔）；剩下的七十元，就是彈珠台的戰鬥基金。

那是國一還可以放風的時期，也才有機會可以在假日去「賺錢」，升上國二進了升學班，別說沒有機會再出去「增加收入」，就連彈珠台也沒時間過去搖晃它幾下，而彈子房就更不用說了。

番外篇

我念小學的時候，很愛玩尪仔標（紙牌）、尪仔仙（塑膠鬥牌）、橡皮筋、磁鐵、彈珠，說是玩，其實男生都是拿來賭輸贏，往往下課的時候，教室裡面就是一區一區的「遊戲區」；放學後則是在公園裡面繼續廝殺。這些小小玩物在我們小小心靈裡，其實就是一種「小小財產」的概念，班級裡也是貧富差距很大。上了國中，不再玩這些，包括我最不拿手的彈珠，反而「偷閒」培養出我的最愛……彈珠台和彈子房。有了最愛，隨之而來的也有最怕。我最怕在我「課

04 補習班的行政工讀生

我有一位表哥，是二姨媽家裡的長子，曾經上台北念高中，住在我家，和我睡一張床，所以我們感情很好。我的西洋音樂是他帶著我開始接觸的，還有當年的溫拿五虎。他的一些朋友也都很時髦新潮，羨煞那時還在念國中的我。然而，表哥念完高中後，卻因為他父親過世悲傷受挫，以致沒有再報考大學；但因為他英文底子不錯，就回鄉下，在村子裡開了小型家教班，帶幾個課後希望加強英語能力的國小學童，也算安親班。後來他決定到城裡開英語補習班，找了當年幾個高中好麻吉，一起開了一家輔導出國留學的托福補習班。我在暑假回南部外婆家時，就常利用下午的時間，到他的補習班裡幫忙。

我去幫忙，賺點暑假的花費，但我能做什麼？小孩子總不能跟大人一樣拿起電話做招生業務，當然更不可能撰寫一些廣告文案。我的美術不好，所以那個招生宣傳海報的製作直接跳過，不敢去碰；後來表哥發現我的字很端正漂亮，所以讓我把寄送名單上面的姓名住址，一個一個謄寫到信封上，貼上郵票，再把資料裝進信封，最後在封口釘上釘書針，拿去郵局寄。這份工作，對於愛寫字的我來說，不難，而且還滿享受的。不過，剛開始還被表哥退件，因為我寫的字太小，我這才知道騰寫住址姓名在信封上跟我在學校交作業，根本是不同的。正因為要讓送信的郵差看得清楚，所以我必須學習拿原子筆「寫大字」。剛開始，寫完回望信封上的字，覺得自己的字上面好像放了一個放大鏡。

以前的托福補習班，不像現在網路發達，尤其又在南部，不若台北資訊多，所以很多模擬試題和上課教材都要自己整理和製作。托福考試有聽力測驗，就必須找美國人來把模擬試題唸一次，錄下來當作母片，然後再拷貝成很多捲「語言錄音帶」給學員使用。我的工作就是「轉錄」，這工作不像抄寫住址姓名，寫完一個接一個，就算寫到手痠休息，充其量也不過完成數十封。轉錄語言帶的工作比較輕鬆，只要把兩台對錄的卡式錄音機「面對面」擺好，然後先按下「record錄音鍵」，隨即在另一台再按下「play播放鍵」，就可以休息了，但中間都不能說話和發出聲響。只要等到錄完按鍵自動跳起後，再取新的錄音帶，重複剛剛的動作即可。

想到當年那個沒有電腦、網路和檔案概念的年代，加上小本經營沒法花大錢外包製作，表哥他們只能土法煉鋼，一捲一捲轉錄，於是這也成為我國中暑假期間的重點工作。

在表哥的托福補習班打工，多少也能學到一些英語，但因為托福的內容對一個國中生而言，還是太難；但幾個大哥哥大姊姊在笑談中還是用我可以理解的程度，讓我學到一些我在學校沒學過的英語，像「long time no see」（好久不見），應該算是中式英語的極限了；後來還故意說出根本美國人不會這樣用的「people mountain people sea」（人山人海），最後連經常到補習班隔壁去買的下午點心「豆花」，每次大家都故意講成「bean flower」，害我一直到國中畢業前都以為這是美國人對豆花的俗稱。

番外篇一

雖然我認為自己的字只能算俊秀，不能說是漂亮，但還是很感謝從小非常要求我寫字的母親。她雖然只有小學畢業，但寫了一手漂亮端正的字，我父親的字跡就相當潦草，但母親說那是飄逸帥氣的風格（難怪被父親的情書追到手）。所以我猜想，我只不過是遺傳學習自他們的好「手」藝罷了。記得小學六個年級，我一直都是班上的黑板抄寫專員，每每老師有考試題目、較長的文章，或交代要讓同學抄起來的文字時，就會把我叫上去，遞給我一張字條，上面是老師先寫好的文稿，或者也會邊唸邊讓我寫上黑板。

這樣的經驗還一直延續到國中，每天放學前都會先到班導的辦公室去拿「今日家庭作業小字條」，然後在放學前抄在黑板左側，一行一行，整整齊齊，來提醒大家記得回家寫作業和準備考試進度。後來，美字專長傳到其他老師耳裡，以致學校有一些海報要製作，就會來找我去擔任海報文字的撰寫員，我會把稿子上面的文字，慢慢用粗麥克筆謄寫到海報紙上面，不僅不能出錯（否則要重寫一張），有時還會被要求寫成楷體，我倒也能描得有模有樣。也因為這樣「不能出錯」又「追求美感」的訓練，讓我養成細心謹慎和美感潔癖的個性。高中以後，對刊物編輯產生興趣和吹毛求疵的特質，可能也源自於這些童年的寫字經驗吧！

番外篇二

我的表哥，後來因為經營理念的問題，抽離補習班的股份，回歸鄉間生活，雖然生活並不富裕，但總是樂觀豁達，維持他一向的豪放不拘，堅持自我，就連他參加女兒的婚禮，也堅持穿著他平日的運動外套加休閒褲。幾年前，表哥過世了。記得那一年年初，我去了高雄旗津找表姊（他的妹妹），他一聽說我要來，趕緊從台南過來和我見面，還堅持要請我和內人吃頓晚飯。飯後，看著他扛著表姊家多出的一張摺疊椅，他說……要丟掉很可惜，不要浪費，所以他就從表姊家拿回去用。夜裡，看著他扛著折疊椅，坐渡輪過岸，騎著摩托車離開，竟然成為他在我眼前的最後身影……

05 作文比賽獎金

我從小就喜歡閱讀，這可能是來自父親的習慣，雖然他是一名從事布料批發的商人，但總是會買書，看書，藏書。我因為耳濡目染，也被鼓勵，而養成了閱讀習慣，寫作能力也隨之大增，從小總是代表班上和學校去參加作文比賽。

印象中，有從作文比賽中賺到錢（領到獎金）的，有兩次。一次是小學六年級時參加「紀念總統　蔣公逝世周年徵文比賽」獲獎，雖然獎金只有一點點，但卻是平生第一次從比賽中獲得獎金，還有一面大大的獎座，所以特別有感覺。

另外一次則是在升上國中後，當時政府在推廣儲蓄運動，舉辦了「節約儲蓄徵文比賽」，各校配合政策活動，開始找各班國文老師配合作文課時間，選出佳作送出參賽。沒想到我的作文被選中，經過我一位小學班導的修改潤飾，最後用毛筆謄了好幾次，檢查沒有任何錯字，字體字跡也大致過關，就寄去參加比賽了。經過好一陣子，我其實幾乎已經忘了這件事了，就在某天下午課間休息時，學校的廣播擴音器傳來我的名字，叫我去校長室報到。雖然我平日偶爾會頑皮或叛逆，但頂多也只是被訓導主任或管理組長叫去唸兩句，或者拉拉拍拍打打我的臉頰耳腮，突然聽說要去見校長，其實當下有點腿軟……我，又怎麼了⁉

我記得很清楚，那天一進校長室，發現平日很嚴肅的校長變慈祥了，也變開朗熱情了。他一開口就恭喜我，說我的作文在比賽中獲得全國第一名，後面他講什麼，其實我都沒聽清楚，也忘記了，只覺得那天從校長室出來後，一直到放學回家，好像不是活在真實的世界裡。後來，我就這樣成為學校老師口耳相傳的「全國第一名的學生」，還有來教室探看廬山真面目的老師，每次都讓班上同學來叫我；但其實每次走出教室去見來「觀光」的老師，我都很尷尬，非常不知所措。

為了領這個獎狀和獎金，我還得要親自去中山堂，因為我當時對台北市不是很熟，所以還是請我的母親陪我過去。第一次走進中山堂，找到要領獎的廳室，雖然沒有像在學校裡面朝會時走上司令台、聽著奏樂的那種頒獎儀式，但看到很多人排隊領獎狀、領獎金的印象，很深刻，也很興奮。

獎金後來做什麼用，我忘了；獎座和獎狀則一直被擺在老家的客廳，四十幾年了，一直都沒動過，這是當年我給父母親的一份反饋與慰藉，他們視為珍寶。

我的父親和母親，都是頭腦很好、很能讀書的人，父親在小學初中，母親在小學的時期，都是老師賦予期待的優秀學生，非常鼓勵他們繼續升學。可惜當年他們家中貧苦，無力升學讀書。但他們還是維持很好的習慣，也寫了一手漂亮的字，尤其父親的鋼筆字影響我的字體字跡很大，因此我自大學時期以來，也用鋼筆寫了近十年的文字。因為我父親愛閱讀，所以即便家裡並不是很富裕，他還是常會買書給我；這讓我更珍惜自己日後購入的每冊紙本書，都捨不得送人轉賣、送圖書館或丟入資源回收桶。

我現在還有印象的讀書天，都是下雨天。因為每逢下雨，小孩子沒法出去玩，只能待在家裡，這時我的父親就會取冊書來唸給我們聽（當時我們小孩子年紀小，根本看不懂文字），或者要我們背背唐詩三百首，或者陪我們一起邏輯思考雜誌裡面的問答遊戲，就這樣消磨了雨天的無聊時光。我父親在最近的十年，因為患病而無法再像以前一樣輕鬆閱讀，提筆也有點吃力以致字跡都歪歪斜斜的，最後也毫無力氣再提醒或鼓勵我們要持續閱讀。他四年前過世後，連這幅雨中屋內閱讀的情景也不會再出現了，但這畫面卻經常在我的記憶裡面浮現，連結當年溫暖的閱讀時空。

06 免洗筷裝箱臨時工

高中的時候，我有一位父親從事貿易的同學，我們隨時待命幫忙，協助理貨送倉。記得有一次是個大雨天，臨時受命去「搶救」免洗筷。通過海關進廠加工尚未分裝的免洗筷，一箱一箱堆疊在平房公寓的樓下，部分已經因為連日的豪雨而受潮，極可能因此發霉。同學家擔心這些免洗筷在雨中受潮後必須被迫丟棄，所以臨時找了我們去幫忙，算工資。記得是在中和的一處平房公寓，怎麼過去的，不知道，就這位同學帶著我們幾個人搭公車，在大雨中走了好一段路、繞了幾條街，才抵達。鞋子，都泡溼了！

就這樣穿著溼透的鞋子，拆箱，挑掉已經受潮或斷裂的免洗筷，然後將完好的一百雙一捆一捆裝好，捆綁後再放入另外一個大箱子。工作其實很簡單，只要重複執行幾個相同的動作就可以了，但幾個小時過去，還是腰痠背痛。

完工，是我喜歡的感覺，喜歡看到同學和他家人安心和感激的眼神。離開時，這位同學跟我說：「在大雨中，你們還來，真的幫了大忙，你們夠義氣！」雖然離開後，我們還是繼續走在滂沱大雨中去搭公車回台北。天寒，但心很暖。

我在國中時都在準備考試，都在爭排名，同學之間缺少感情。甚至班導會提醒我們：你不要以為同學告訴你他都在看電視，其實他都在念書，劇情都是哥哥姊姊告訴他或看電視周刊知道的，你不要被騙，以為沒念書就可以考高分。雖然現在懂了班導的用心良苦，但當時真的讓大家都陷入同學間爾虞我詐的氛圍裡。直到上了高中，才漸漸懂了……什麼叫做朋友的義氣。

這位同學，我高一就很熟，高二分組時又被編入同一班，和他前後當了三年的同學。他滿口幹話發語詞，還經常有大哥模樣地口頭問候人家的家人、偷帶色情畫冊雜誌進學校分享，下課時間也常聽到他的名字和教官室的廣播連結在一起。但是，他教我打彈子（雖然我從小六就開始打，但技術實在不行），我教他打棒球；一遇到有人得罪我們，他就會說：「走，去扁他們！」然後，最讓我羨慕的，就是他從高一開始就每天穿著又緊又窄又白又挺的卡其褲（我們都是標準卡其色外加泡泡皺皺的褲型），他的皮鞋永遠都是尖頭的（我們都是圓扁頭的那種），最後，每天進出校門要戴的那頂軍訓帽，永遠都是被他摺得翹高高的船形樣。當然，他也就成為經常要去教官室報到的頭痛分子。每次下課聽到廣播響起「教官室報告，教官室報告，……」，我們大家就會不約而同地看向他。

大學，我們又同校，偶會碰面吃飯聊天，他也教我跳當年很流行的妞妞和迪斯可舞，還有怎麼耍浪漫又能帶動女伴的布魯斯舞；但我們只要一談到學業，話題就實在不搭，因為他大學竟然去念了「法律系」（大驚）！畢業後，他幫著家裡的事業，正式成為小開一族，結婚生子，生活美滿，沒想到多年前竟然因為心肌梗塞過世，據說他是在看著美國職棒比賽離世的。在他的告別式上，我看著他的照片，依舊桀驁，依舊玩世，依舊義氣長存。

番外篇一

我的高中，遇到很多奇人，直到我從高中畢業後才深刻體會到這些特殊人種之間的義氣豪情。記得我第一個遇到的奇人，是坐在我隔壁座位的一位同學，他從南部上來，從穿著談吐就可以看出來，樸素，寡言，不善言詞，不像我們成長在台北的學生，都愛開玩笑愛打屁。他看起來很靦腆，下課也只是看著大家或趴在座位上睡覺。有時看到他盯著書本會出現憂鬱的神情，總覺得他應該很難撐過這學期的課程，尤其是數學。

高一剛開學，同學間早已聽聞數學老師會利用第一次段考，殺殺新生的銳氣。是的，我真的被殺到了，不及格，是我數學考試史上最爛的分數。然後我開始左鄰右舍尋找安慰，哈哈，還有四十幾分的；然後我望向那位我滿擔心的同學，想說可以彼此取暖，……啥？八十四分!!聽著相同老師的課，回家我也都積極奮力複習和準備考試，結果竟然差這麼多。進高中的第一個震撼，不是數學分數低這件事，而是讓我知道「天外有天」，正確說法其實應該是「自己根本不是天」。於是，我開始學習謙虛，學習看到別人的優點，還有對每個人的尊重與敬重，這修練和影響，一直到現在。

狂人和怪咖也頗多的班級，在我高二分班進入社會組以後，更明顯。有位同學相當狂傲，飽讀歷史，隨便問他，他都能講出一堆歷史事件，甚至輕易說出年代或君主名號。他曾自比李敖，說全台灣能挑戰他的只有李敖，我們每次都要提醒他……頂多頂多只能說你去挑戰李敖吧！這位狂人，我一直以為他大學會去念歷史系，沒想到後來填考念了會計系，畢業後接了幾個大企業的案子，年紀輕輕就退休在遊山玩水了。他有段時間最有興趣的事情就是拿著相機去車展拍照……當然是拍車模。他發揮他歷史研究的專業與功力，把當時每個車模的底細都摸透，還說要寫一冊「車模點將錄」出版。真的是狂人！

我在高中遇到的怪咖，實在無法詳述，因為太多。像是背下字典裡面所有英文單字的怪咖，下課喃喃自語、上課頂撞老師觀點的怪咖，領導能力強到被公認以後應該要當總統的怪咖，在學校課間沒事就聊天睡覺、其實沒怎麼在念書卻考上當年全國丁組（法商組）榜首的怪咖，還有兩個怪咖是滿口髒話卻頭腦清楚，後來分別當上建築公司和證券公司的大老闆。而當時班上爆粗話最多的同學，後

——來竟然跑去經營筆具和文具，成為文青型老闆，退休後經常騎著哈雷機車環島，繼續保有他豪放不拘的個性。

07 廣告單發放員

高二，我選了社會組，就是一般人所說的文組，但依照規定還是要上物理和化學兩門課。這兩科是我最頭痛、也最沒興趣的科目，尤其化學，我只知道好像要一直背、一直背，就連化學元素週期表也是要背。化學任課老師說那是最基本的，還說，你們很會背英文單字，就像那樣把元素表上面的化學單字背下來，就那一百個，背好後，再留下那些單字的前頭字母就可以了。說得真是輕鬆，感覺上只要半天就可以完全背起來似的（但也的確有很多同學不到半天就搞定了）。社會組上化學課，我一直以為段考應該可以輕鬆過關，形式上雖然要考試，但老師總會來個考前大猜題之類的體貼之舉，沒想到……並沒有。所以我帶著認錯加想辦法贖罪的心情去找老師，希望能夠獲得老師網開一面的憐憫同情。結果老師說：「那麼，你來幫我發傳單，可以再找個同學一起去發！有錢的，不會坑你！」

說真的，我有點怕這位化學老師，因為他長得很粗獷，鬍子永遠刮不乾淨，而且講話也很粗魯加霸氣，有大哥的味道，江湖味很重，很像我南部姨媽家的表姊夫，他是殺豬的，對，就是清晨會去豬舍把豬隻運到自家的小型屠宰場，用刀把豬給宰殺，熱水除毛，剃刀剃毛，熱水清洗，最後把豬隻送去蓋滿全身的認證印章。每次我的表姊夫回來休息時，就是全身血腥味，衣服上面也會有紅點斑斑。所以，每次看到我這位化學老師，都會想起我的表姊夫，腳還會抖。這位化學老師有自己的家教班，專收報考理工醫科的學生，我不是他的菜，但要我幫他發家教班的傳單。這沒問題，為了我的化學成績，當然二話不說（其實是恭敬不如從命）接下這個老師大開恩的任務。

發傳單的早上，我們在校門口集合後，老師就開車帶我們前往某所高中，一天一所。老師會在離校門口兩、三條巷子的地方就放我們下來，叫我們帶著傳單走去校門口附近發，然後提醒我們：有人趕，就走遠一點，但就是要找學生多的地方去發。原本以為發家教班傳單就跟幫補習班塞傳單到住家信箱裡面一樣，但其實有很大的不同：我會遇到很多國中的同學。他們會問我：你是這個家教班的喔？你是這個化學老師的小孩嗎？還有人會開玩笑問：你缺錢嗎!?我其實很想告訴他們真正的答案：我不缺錢，但我缺分數！

和我一起被化學老師帶去發家教班傳單的，還有我另一位同班同學，其實成績很不錯，所以我搞不太懂為什他要跟去？莫非從外地來台北念書的這位同學，很缺錢？任務結束後，我還是鼓起勇氣問他原因，他竟然跟我說，他想體驗一下不同的事情，接觸一下不同的人，做一點在不同人身上做的不同的事情。說真的，我真的聽不懂他在講什麼。後來，他去信了教（還是他本來就信教），很虔誠。上了大學後，沒想到我還跟他在校外一起租了一間房，睡上下鋪。起初，每天晚上都會聽他唸一段經文教義，或者談一些宗教故事或典故；但他可能發現我沒有心在聽，也或者他發現上帝已經放棄了我，所以我就此耳根清靜，還給各自生活。後來，他因為我而認識了我的同班女同學，和她結了婚。最後他也堅持他自己的選擇，當了牧師，多年來也在幾個國家傳福音，讓我更尊敬他。阿門！

08 補習班廣告單校園發放員

我在高中時，愛玩，愛搞文青，幻想自己是一個文藝青年，順勢在高二時接下班刊的主編，對一份擁有十幾年歷史的班刊，感覺責任重大，所以也準備多花點錢來編輯印刷。跟印刷廠詢價後，大致班上每位同學必須負擔一千元，這顯然對部分同學帶來負擔，於是我和編輯幹部開始幫大家找一些零工，希望在出版前可以湊出點錢來繳交印刷費用。

發派報廣告單，算是最基本的，就像我國中幫補習班發傳單一樣，只是受惠於大環境裡營建業的發展，我們後來接洽的大都是建設公司的案子，價錢較好，但每張票漂亮亮的廣告單，其實也比較重，整疊整捆扛起來，就會是件滿有負擔的事。

不過，當時還是會從補習班那邊接些不同的案子，最有挑戰性的是幫他們在我的學校裡面發廣告單。當然，學校不允許任何人拿著廣告單明目張膽地在校園裡發給同學，那會馬上被檢舉，直接被抓到軍訓室報到。那時候我的高中有日間部、夜間部、補校三個學制，就算知道在傍晚或晚上放進教室抽屜裡是比較輕鬆的任務，但卻可能會被晚上上課的同學拿走或清掉。因為接洽的補習班，主要是安排晚間的加強課程，希望把目標放在日間部的學生身上，所以我們只好在大清早，當學校開了大門、大家都還沒進學校之前，就先進到教室裡面，把廣告單塞進每一張桌子的抽屜。

執行任務當日清晨，我們幾個同學就各自背著大袋子，「正大光明」走過校門口，然後「偷偷摸摸」溜進每一間教室，塞，塞，塞，塞……！一個年級二十六個班、三個年級近八十個班的教室課桌抽屜，只消半小時就被我們分工征服了。雖說完成任務很開心（因為代表大家有了收入可以繳班刊製作費），但其實，整個塞廣告單的過程，心驚膽跳，很怕哪個早起早到校（或者說是失眠）的教官突然出現在教室門口；所以膽小卻很謹慎的我，總是提醒大家：進教室後，先把前後門都打開。

作業完成，回到我自己的班級教室，坐下來，看著班上的同學陸續走進來，感覺很奇特，很陌生，因為我平常是那種每天趕八點升旗的學生，很難感受同學魚貫走進教室的景象氛圍。

我不是一個愛跟學校唱反調的學生，但喜歡在規定的邊緣行走。可能因為年輕氣盛，加上個性反骨但又有點膽小，所以常常會去碰觸校規的邊緣，跟教官狡辯。像上學這件事情，我就是不會心甘情願在規定的進校門時間到校，因為不喜歡看站在校門口的糾察隊對著我上上下下盯瞄……看我們整套制服是否依照規定穿戴整齊，包括黑鞋、黑襪、卡其衣、卡其褲、白腰帶、圓盤帽，就是要穿著完整的軍訓服裝。如果是冬天，才不管你有多怕冷，就規定要把學校的外套穿在最外面，衣服要加的，就得塞在外套裡面，搞得每個人都像胖子一樣。而就算有體育課，也必須把運動鞋拎著帶進學校。越規定，就越會有反骨的同學愛去挑戰，穿白襪，穿修改後又緊又貼身的衣褲，不戴軍訓帽，不用規定的皮帶，穿布鞋進學校，後果就是「逮到就記過」。

所以，為了閃躲校門口的糾察隊，我都會等他們八點升旗撤哨以後，跟警衛伯伯揮揮手就進學校了。有時候時間沒抓好，或者糾察隊撤哨太晚，全校都已經在操場集合了，我才進校門，這時我就會衝過穿堂，穿過走廊，飛奔進操場。朝會的升旗典禮，有時趕上，有時錯過，有時趕到校門口卻已經開始唱國歌或升旗歌，我就只好在校門口立正站好不動，聽著音樂，想像國旗升起隨風飄，緬懷建國維艱。當然，錯過操場升旗的點名，課間就會被教官找去唸兩句，順便被檢查服裝儀容。高中時，我大過不犯，但小過不斷，大概教官也覺得我成績單帳面上的資料不太好看，又知道我不愛站在操場升旗，所以在我高三時，乾脆叫我去當升旗手，記功抵過，功過相抵，最後終於讓成績單的記過欄位清空，「淨身」畢業。

09

數學家教

在國小和國中時期，數學一直都是我的強項，成績也都不差；最喜歡解方程式，還有推理證明或求解邊長角度等等之類的題目，樂此不疲。就連每週一次兩個小時的課外活動時間，當同學都去選擇康樂或體育社團，而我卻選擇數學社，每週和老師在課堂上解數學難題。因為愛思考、愛解題，又喜歡大量找題目來做，所以在高中聯考時，數學也成為助我一臂之力的科目。

雖然經歷了高一第一次段考的震撼教育，成績淒慘無比，但還是喜歡數學；不過也因為被震撼到了，所以我高一就去校外補習數學，延續國中的模式……國一補，國二補，高一補，高二補，撇開測驗卷不談，我總共在大學聯考前K完起碼三十冊數學參考書。結果，數學卻是我大學聯考考最差的一個科目，直接把我拉下一個學校的十個志願科系。其實，就在考完數學那科當下，我就得到人生的教訓：千萬不要太自恃自己哪科哪科有多拿手、有多厲害，當它不見的時候，就什麼都沒有了！

高一的我，搭公車去一個小型私人家教班補習數學，每週兩次，後來有一段期間卻是翹數學補習去幫一位重考高中的小學同學補習國中數學。因為我覺得，同窗多年的情誼比數學重要，倒是忘記父母白繳了補習費這件事。但因緣際會，我後來也用數學把補習費賺回來了。話說我小時候的鄰居，有一戶人家（其實是小時候我們家住的一層樓裡面的另一個房間的人家），兒子念國中，數學一直學不好，透過我母親轉達，希望我可以幫他和他同學補習數學。我一口答應，買了一個小黑板，在家裡最寬敞的房間裡，開始執教國中數學。當然，每個月就會收到學生帶來的束脩。記得有一次，學生家長手頭緊，還跟我的父親借了筆錢，以致我該收到的補習費也一直拖著。雖然我一直覺得沒關係，他們又沒說不給；但母親知道之後，聯絡上這位鄰居，請他兒子下次一定要帶補習費過來繳。母親跟我說：「他們借的錢晚點還，可以；就算手頭緊最後沒辦法還，也沒關係；但老師的錢沒給，不行！」

我的國中數學老師，很壯碩，說話很有江湖味，我們數學解不出來的時候，就會被他叫上去，拉扯臉頰，擰轉耳朵，重捶頭頂；考試不好，他倒是不會自己拿藤條打我們，而是叫我們的導師來打。所以，我們大家都很怕他。以前沒有所謂的「室內禁止抽菸」這件事，所以他每次在黑板上面出完題目要我們思考、解答時，他就會利用這個空檔點上一根菸，開始噴雲吐霧，然後就在教室的講台前面，從左邊踱到右邊，再從右邊踱回左邊。這要是在現在，早就被家長檢舉投訴了；但在當年，數學老師是我們的權威象徵，不容挑戰，我們也沒膽子挑戰。只是說也奇怪，他竟然是我們班同學間最喜歡的老師，直到畢業後的同學會，都會聯絡他，拜託他一定要來參加；回學校也一定會去看他，和他聊上兩句。

記得我高二選念社會組（文組），還被他很用力、很生氣地罵了一頓，他一直覺得我應該要去念理工或當個醫生，但我最後還是堅持自己的選擇。長大後，我發現醫科、理工科、文科，念什麼都好。念醫科，可以延長我們的生存；念理工，可以改善我們的生活；念文科，則可以豐富我們的生命。念進去了，都好！

青年時期

從非法零工走向第一份正當又正常的正職工作，賺了錢，卻存不了錢。

10 地下簽賭站工讀生

我比較熟稔的親友，從事的行業是各種各樣，很多都是自己創業擺攤開店當老闆。有清晨起床去屠宰場宰豬的，有在市場擺豬肉攤、雞肉攤的，有在清運隊跟著垃圾車服務民眾的，有當家庭主婦的，有開養雞場成為養雞大王的，有開金飾店還幫人打造專屬金飾的，有開大貨車南北跑而常常早上到台北後睡在我們家的，有開補習班的，有開酒店舞廳理容院的，有開卡拉OK店、小吃店，也有開地下簽賭站的。

當年的投注彩金事業，在台灣有政府辦理的「愛國獎券」，但民眾反而對香港的「六合彩」投以高度關心，甚至後來有地下非法賭博的「大家樂」，超越且讓愛國獎券停辦，在在都顯示台灣民眾對「以錢生錢」的渴望期待。於是，在合法規範尚未建置的同時，自然就有很多地下非法的簽賭站來滿足民眾的需求。

我因為熟人，去幫點忙，賺點零用金或換得吃喝一日，但不是很清楚這些彩金投注究竟是怎麼個玩法。「影印」應該是我最主要的工作，因為其他的我真的不是很懂，也做不來。還記得剛開始去幫忙時，對於什麼是「竹仔尾」（閩南語發音），不懂……為什麼簽賭會和「竹子的尾巴」有關呢？後來才知道其實應該叫做「特仔尾」，閩南語發音和「竹仔尾」一樣。

我比較感受得到的詭異氣氛，大概都是在封牌以後到開獎之間，有時店裡很平和，有時很緊張，尤其是很多人同時簽選傳說中的明牌，加上倍率的計算，有時甚至會聽到「如果被簽到，就要跑路了」之類的話，而且可以感覺得出來，那不是玩笑話。不過，緊張歸緊張，開獎後還是大都在慶功。

那是我很特別的經驗，雖然不是一直幫忙，但幾年後回去，發現熟人老闆還在，還沒有跑路，讓我很心安。

番外篇一

其實，「特仔尾」的玩法有點複雜，以六合彩為例，就是將開出的六組雙位數按照順序由小到大排好，取第三、四、五組號碼的尾數（個位數），就得到

「特仔尾」的數字。例如某期開出01，15，24，25，39，43，第三、四、五組的號碼分別是24，25，39，「特仔尾」的其中一種玩法，數字就是取這三組的尾數成459。因為「特仔尾」的數字組合很不容易簽到，所以如果幸運簽到了，彩金倍數很高，大都兩百倍起跳，甚至會高達上千倍，所以吸引很多民眾瘋狂簽賭，甚至開獎前會尋求各種開明牌的方法，成為當時社會的一種怪現象。

番外篇二

除了「地下簽賭站」外，也因為熟人的帶領，認識了開KTV和開舞廳的長輩，所以有機會知曉了一些店家的經營，對於陪喝陪聊陪唱陪玩的「小姐」（現在稱為「公關公主」）也有一點了解。記得有一次被拉去體驗「KTV」（其實是酒店KTV）的服務，印象深刻的是……進房負責點餐的是一位非常年長、溫文儒雅的男服務生，這的確讓我很意外；我們點了啤酒後，他說要點幾個？當我還在想著啤酒要配豆干雞翅炸雞塊的時候，帶我去的前輩用手指跟他比了V字，不消多時，就進來兩名小姐，原來如此。

還有一次是在白天被拉去「參觀」酒店舞廳（當然是還沒到營業時間），一進去就看到大舞池，四周則圍繞著一桌一桌的聊天區。和女公關閒聊才發現，公主們最厲害的地方就是「目色」要好（會看現場狀況和客人臉色），也要機靈和懂得應變。我問她：「妳們上班時最害怕的是什麼事？」我本來以為就是沒有男客指名、或者男客灌酒、騷擾之類的；沒想到她竟然跟我說：最怕遇到闖進店裡來尋仇的，她們這些女公關都會在仇家拔刀亮槍之前先迅速跑離現場。當然，我沒辦法在那邊打工賺到錢，因為我連看門的本領和身手都沒有。

11 日語家教

我在高中時，接觸比較多西洋音樂，但也知道日本有個很紅的山口百惠，但她在我高二的時候就因為結婚而引退了，我大學時還和同學去租了她引退演唱會的錄影帶回家看，兩個大男生就在電視螢幕前嚎啕大哭。在我的大學時期，剛好是松田聖子、中森明菜竄起大紅的時期，還有田原俊彥、近藤真彥、樂團Off Course（小田和正）、在日本走紅的鄧麗君。這樣的接觸，讓我對日語產生了濃厚興趣（總不能只是去買他們的海報或寫真集、而最後連自己唱什麼哼什麼都不知道吧！）。

我家兩老，小時候曾經短暫接受過日本教育，所以對日本文化多少有些接觸和了解。父親喜歡日本的演歌，為此買了昂貴的音響唱盤，雖然我對演歌興趣不高，但還是多少會跟著哼唱；母親則喜歡學日語，在社區活動中心學了很多年，雖然她說都沒有太多進步，但喜歡去那邊和大家用日語亂聊天。我在大二暑假，開始有系統地學習日語，在老家附近的中山北路巷弄裡，找到一家小型日語補習班，上課老師是國內日語教學名門大學的研究所學生，講解很清楚，又很風趣，加上我的動機很強，所以學習超進度，每天大概都會花上五、六個小時整理筆記、複習、預習、背單字、看相關讀物。也因為這樣快節奏、快進度的學習，我在大三暑假結束後，日語程度就已經不差，甚至大學畢業前都可以幫老師翻譯解讀一些他需要的資料。

我有一位大學同班同學，家裡雙親都很會講日語，雖然我不知道她為什麼突然提起……想跟我學日語，然後說：就當成家教，一定要收費，這樣她才會認真。於是，我人生第一筆用日語賺到的學費，竟然是從同班同學身上獲得的。雖然只持續幾個月的時間，但這段經歷也讓我開始想把日語學好、學通、學精，自許將來可以當個日語教師。沒想到，這個當年立下的宏願，竟然現在已經在實踐中了。

番外篇

因為當年非常投入在日語學習，加上自許能成為一位日語教師，所以在很多教材的理解與講授上，都精益求精，不斷提升自己在日語教學的程度，當然也慢慢變成我的熱情和責任。後來在大學任教，我除了排定的日語課外，還會給有心學習的學生安排週間加課，每年也會找時間開個類似「五段活用動詞」之類的專題講座，甚至在暑假的八月，當我開始覺得沒書教有點無聊的時候，就會緊急聯絡大家回來上暑假日語班，談句型文法，談日劇對白，談日本生活會話，談日本社會文化用語。當然，這些班課講座，都免費，只要學生的學習動機強，我就會騰出時間，如他們的願。那麼，我就是一個很佛心、好心腸的日語老師囉？不是，絕對不是。我每年在學校開的日語課，一個班大概會有九十名學生來修，一年後拿到完整學分的，只有三十名左右，沒有特別設限或處理，但每年學生的學期成績大都如此，這算佛心嗎？

12 臨時演員

大學時期，喜歡舞台劇。排戲演出加比賽，很過癮，但一想到要背很多台詞，就覺得壓力很大，更何況還要和對手配戲而不是自顧自地把台詞唸完，最後還要把感情放進去。太難，太難！

我有一位同學，經常和藝人吃喝玩樂，也在他們的劇組裡面幫忙。有一次戲裡需要幾個臨時演員，就找我們幾個麻吉好友去當路人甲乙丙。為了演出時衣著不要穿得太寒酸、太古板，我還跟朋友借了件稍微新潮的衣服穿上。當天到現場，是在東區的公園，我們原本只是被安排在男女主角附近走逛的路人，後來導演決定讓我講兩句話。我已經忘了當初在戲裡面講了什麼話，但等出場的時間還真的很久，短短半分鐘的畫面，就得耗上兩個小時等待。不過，還是領了錢：二〇〇元＊2H＝四〇〇元。

隔沒幾天，那一集連續劇播出後，沒想到被學校附近餐廳的老闆認出來：「小哥，你上電視喔？很帥耶……」，小小滿足虛榮心。當年只有老三台（台視，中視，華視）的年代，一齣戲，隨隨便便、輕輕鬆鬆就會有三〇、四〇%，甚至五〇%的高收視率，所以能上鏡頭一下，就可能被認識的人看到了，即便是個路人甲；何況，我還講了兩句台詞（這可能是多虧新潮的衣服和髮型，才得到導演的青睞）。

領了四百元車馬費，連事前去剪髮弄造型的費用都不止，還因為跟朋友借衣服得請他吃飯，最後比較麻煩的是：我開始會挑衣服穿，買新衣換舊衣（其實就是喜新厭舊），也嘗試各種顏色的衣服，所以大黃、鮮紅、亮藍、全黑，都試過；剪髮也不再去住家附近的理髮店剪一次五十元的頭髮，而是找髮廊或髮型設計工作室。因小失大，賺了四百元，卻花大錢在裝扮自己上面。所以，大四那年很缺錢，只好想辦法打工，但就是再也沒有接到戲賺通告費。

番外篇

當年很多人有明星夢，想當演員、歌手或模特兒，在我就讀的科系，因為接觸層面太廣，每個同學、學長姊、學弟妹，出路都大相逕庭，連投入演藝娛樂事業的面向，也非常不同。我熟的系友裡面，歌手，有，但我沒有他們那個歌喉，上台也會怯場，所以作罷；模特兒，也有，但我也沒有他們天使或小鮮肉般的臉孔，最重要的是我沒有他們的身高（我同班同學模特兒竟然有一九〇公分高）；而演員，當年只有老三台有戲劇，以及為數不多的舞台劇和舞團，其實沒有那麼多演出機會。如果當時有個像現在的YouTube的影音平台，可以自己演戲、自己錄影、自己上傳，說不定那時候我就會很投入去演出吧！當年，在一些小型演出或表演裡，我演過一般的大學生（很符合自己當下的角色，這容易），也把自己裝扮成鄉下來台北的老阿公，甚至反串女生。這些，都只是好玩，同時累積回憶，沒有任何收入進帳。

13 問卷調查的家訪員

我大學念的是社會學系，所以「社會調查」是最基本的課程學習，系上老師也常會接政府與民間的調查專案，然後找我們學生去發問卷或打電話。我喜歡往外跑，所以只要有出去發問卷的訪員工讀，就會去應徵。每次在發放問卷之前，都會有半天或一天的研習，告訴我們怎麼去發問卷、怎麼去問問題、怎麼填記資料。

我們訪員執行問卷調查時也會規定，必須：一男一女，兩人一組；穿著整潔的大學服……就是軍訓服，上面白襯衫，下面卡其長褲（或卡其裙），最後在胸前要配戴學生證。這樣，大致就能登門訪問了。

老師還會請助教複查問卷的答案是否準確，一來確認問卷答案的可信度，二來也是要看我們有沒有偷懶或亂填。

我做過最棘手的問卷調查，應該是一個有關「家庭計畫」的家訪調查。我念大學的時候，台灣社會還是一個需要宣導節育觀念的年代，政府想要知道每個家庭裡面的夫妻在生育方面的觀念，以及平常夫妻互動的生活習慣。印象中，那是一個很有挑戰性的問卷調查，因為題目涉及夫妻的個人價值觀和平日的生活隱私，不但有被拒訪的風險，就算願意接受我們訪問了，我們也問得很尷尬和焦慮，更擔心中途被趕出門去。雖然我們有很多備用名單，但因為好不容易依住址找到受訪人，按門鈴，等開門，門開了，告知來意，被拒絕，關門。……這過程可能已經白花了半個小時，卻沒辦法完成一份問卷，當然也就沒有問卷訪問費入帳。

記得那次的家訪調查，做完一份問卷大概需要十五分鐘，徵得同意受訪，有時我們是站在門口完成的，但大部分我們還是會被邀請到家裡面的客廳，坐下來一問一答完成，甚至還有被邀請留下來吃午餐的經驗（不過，我們都想快快完成手上的問卷，實在不想耽擱時間，於是婉拒）。當年那種邀請陌生人進家裡坐的場景，現在應該是看不到了吧！

後來問卷調查做多了，大概能夠判斷什麼是好差事，什麼是壞差事。吃力不討好的問卷調查專案，不接、不做。記得在某一次問卷調查的行前研習中，發現嚴重被廠商剝削，近十頁的問卷，題目又複雜，工讀金又低，當時就和一同參加的同學中途放棄，大喇喇起身離開研習會場。

我當問卷調查訪員，的確賺了也存了不少零用錢，我記得我的第一台卡式錄放音機、第一台隨身聽，都是用這錢去買的。因為當年這些東西都不是必需品，我實在無法開口跟父母親要，所以就自己想辦法掙錢去買。後來因為愛美耍帥，治裝、剪髮和交女朋友的花費，就都要從這裡邊挪一挪了！而說到在大學期間的工讀，我倒是比較佩服我家老妹，她專科畢業後，插班上大學，卻選擇夜間部，白天上班，半工半讀，非僅學以致用，增加工作實務經驗，也付了自己的學費，後來連家中小弟念大學的學費也都一併給付清了，這讓我覺得她很了不起，很敬佩，很感動。

14 海軍陸戰隊預官排長

大學畢業，服兵役，考上預官，原以為可以涼涼地去當軍官了，看學長們很多都在部隊的行政單位，或者當基層連隊的輔導長之類的職務，後來才被教官通知是被編制在「海軍陸戰隊」，慘的是在「基層連隊」當排長，更沒想到我的所屬單位是在「很遠的東沙島」，離台灣本島超過四百公里。

從預官受訓學校下部隊的那個下午，部隊的最高指揮官就讓我們這些大學畢業的預官決定是否要去外島？可能也是擔心我們這些嫩雞預官會在外島想不開，加上很多正規軍的軍官（正期班或專科班）都很想去外島（督導少，加給津貼多，記功多，升階快），所以讓我們自由選擇（那應該是軍旅生活中唯一一次可以自主選擇這麼重大的決定）。後來我選擇留在本島，理由是因為顧及當年有女朋友，不想一年才能見到一次面。這樣的選擇之後，也還好沒有發生感情兵變，算是判斷正確。

所以我就被編到另外一個基層連隊（野戰部隊），但後來發現我竟隸屬一個更遠更遠、離台灣本島一千六百公里的外島，對，南海的太平島。我又開始擔心會不會隔年就被調去外島；但還好，他們是要移防回來的部隊，我不用搭軍艦過去，只要在台灣本島等他們返回營區。

軍旅生活，就是操練和操演，紀律與服從，日子很單純，也很無聊，唯一記憶深刻的是大操場上面傳來的割草機引擎聲，還有飄來的汽油味，以及被割斬後的青草味，對，那就是我的軍旅味道。

在基層連隊當排長，需要每天跟著阿兵哥進進出出，走的路一樣多，出操的項目也一樣，但往往我只發口令，讓志願役班長去示範和督導，因為我的軍事戰鬥技巧無法像專業的班長那麼純熟優異，但帶領部隊的能力還是被要求的。

當年在部隊的薪資，不像現在這麼好，但起碼三餐不愁，每個月的薪水就是繳給交通費，因為必須南北奔波，北上回家看老母，還有眷顧未來的老婆。除了固定幾千塊錢的薪水外，我只有軍官加給，沒有其他津貼，但每個月會發兩條香菸。

菸，當年在部隊算是日常用品，用來解悶和社交，就連退伍的官兵，都得要請全連隊所有弟兄抽根菸，幫每個人點上一根菸，被祝賀退伍，也祝福大家平安，叫做

「退伍菸」，這慣習現在應該已經被破除禁止了吧!?

海軍陸戰隊的義務役軍官，辛苦嗎？當然無法跟志願役軍官比，他們辛苦多了，而且也專業很多；但我還是要參與陸訓、海訓和山訓。所以我在獲知軍種後到入伍之前，都在學游泳，下部隊後，像是搶灘登陸、夜間縱爬登山、高處垂降等等項目，都是我們這個軍種的必操課程；行軍則是我的日常，西至台灣海峽邊，東至台東，北至嘉義，南至恆春，都是兩條腿走過來的。打赤膊抬橡皮艇的訓練讓自己的背部二級灼傷，無法仰躺著睡覺達一個多月，是很難受的一段時期；而最焦慮的訓練是「兩棲登陸車」（暱稱水鴨子，俗稱鐵棺材）的登陸訓練，雖然沒有出海實際操練，但光是坐在密閉的船艙裡，想著老士官長說以前怎樣機械故障、船艙進水、水鴨滅頂的傳說，頓時心理壓力很大很大。

在陸戰隊服役，不能說很辛苦（因為不是在兩棲特種部隊），但這錢還是不好賺，而且不賺不行，因為是義務役。當身為排長的我，面對整個連隊有一半都是身上刺龍刺鳳的阿兵哥時，領導統御就會是很大的挑戰，尤其在部隊集合時，常常都是打赤膊，每次當值星官，就會覺得我面前站了好多「大哥」。後來也因為和幾位「大哥」培養出好關係，幫我「擺平」了部隊管理的很多事情，這也讓我在一年半的部隊生活，比較輕鬆，最終安全下莊。

番外篇二

退伍，是很多義務役軍人的心願，過去有可能是抽到兩年籤或三年籤，但隨著日子一天一天過去，就會開始數饅頭了（部隊的早餐都是饅頭之故）。離退伍日的遠近，可以分為「破冬」（剩一年）、「破百」（剩一百天）、「破月」（剩一個月）、破月後就自然成為部隊裡的「黑將（軍）」，最後變成部隊裡的「紅帥（軍）」（剩十五天），就是最接近退伍的梯次，也就是義務役弟兄裡面最資深的了。因為當年每半個月會徵召一梯義務役軍人入伍，所以紅帥退伍後，就會由下一梯的黑將上來接手新的紅帥，都算是部隊裡面可以橫著走路的弟兄，大家都得敬（禮讓）他三分。過去，在部隊裡有個默契，某某弟兄如果「破

15 焦點座談受訪員

因為我大學念的是社會學系，有幾位學長姊投入民意調查或市場調查的產業，所以有時會接到廠商委託的專案，需要舉辦「焦點座談」，然後就會找我們這些學弟妹出席參加或協助尋找目標對象。「焦點座談」會找大約十個受訪者，在一間會議室裡面就某一個主題或商品或影像，彼此交談、討論與回應的一種團體座談。座談會有空調，有飲料，有餅乾，可以自主從容地提出自己的意見或感覺，沒有對錯的評價。重點是，市調公司還要付你出席費。兩個小時的座談會，平均每個人的發言，其實加總大概只有十分鐘，一般就可以獲得八百、一千元的酬勞，是個時間單位報酬率很高、很誘人的副業。

不過，因為我慢慢成為所謂的焦點座談「職業受訪者」，所以後來就不讓我再參加了，因為「重複多次參加」是這種訪談方法不期待出現的現象。後來，我才又知曉，其實業界有個默契，連修過「調查法」的人士，也在被禁止之列，這是我在開始協助尋找目標對象時才知道的人選限制。只是，我已經偷渡很多次了。

記得我第一次參加「焦點座談」，主題是某個在台灣經營多年的外商「球鞋」品牌推出「空氣軟墊」概念鞋，想要更了解台灣消費者的觀念與想法，以利行銷操作。當年我只知道從小學穿到國中的「中國強」帆布鞋，後來上大學以後，也大都在市場攤販購買，只有一次在運動用品店買外國品牌球鞋，顏色款式看上眼，穿起來可以走跳的，就買下了，所以我也沒記住那是什麼牌子。當年大家都不是很有閒錢，根本沒有「品牌」的概念。而座談會裡談的那個球鞋，現在已經是家喻戶曉、營業額和知名度都是數一數二的一個品牌了。

番外篇

小時候，我們家的小孩都穿「中國強」的帆布鞋，就是那種鞋身黑色、鞋頭白色的布鞋，到底算不算是運動鞋，不得而知，因為當年就是一雙鞋穿進穿出，一整天都是那雙鞋，雨天、晴天、走路、跑步、打球、遠足、逛街，都是那雙鞋。穿壞沒法補，就再買一雙，還是「中國強」。那時候不像現在的帆布鞋款式這麼多樣，沒有高筒，沒有滾色邊，鞋側也沒有斜條紋，更沒有花俏的鞋帶，就只是黑白兩色的素面基本鞋款。我愛運動，尤其喜歡踢球，還去參加足球校隊，穿的，還是「中國強」的帆布鞋。所以，沒穿多久，前面的白色鞋頭就會「斷頭」，不太容易補；加上我的腳背大腳趾內側骨頭較凸出，布鞋常常從那邊先破掉，以致會看見裡面的白襪，有時候母親還會補一補，再撐一陣子，但最終都是換一雙新鞋。所以，小時候，我的布鞋替換率很高，母親為此也很傷腦筋，但因為我愛運動、愛踢球，這球鞋的頻繁更換，就成了宿命。

16 出版社企劃編輯

退伍後，沒有寬裕的經濟能力可以休息或安排旅遊來慰勞自己，所以在退伍前就已經開始丟履歷表給一些公司。因為我對勞工心理和日本社會文化很有興趣，加上高中和大學時期曾經投入編輯工作，所以我大都是去應徵人事管理、雜誌，或跟日本有關的工作。記得第一個通知我去考試的工作是一家大企業的「人事管理」，但筆試沒過。（竟然考「寫程式」？我一直在懷疑我是不是跑錯考場或搞錯時間？）接著去面試「廣告文案」、「雜誌編輯」（介紹日本社會），也沒下文；而唯一通知我去上班的是「工廠員工宿舍舍監」，說之後可能轉任工廠的人事行政業務，但我最終還是沒有接下那份工作。

我後來透過友人知道她任職的出版社在徵企劃編輯，這合我胃口，因為以前有編輯經驗，對活動企劃也很有興趣，所以備好資料，沙盤推演面談過程，前往面試。

來面試我的是這家公司的總經理（他現在已經是家喻戶曉的台灣電商老闆），他沒看我的履歷，劈頭就問：「你對出版有熱情嗎？」我說：「有。」沒想到他竟然說：「好，那你明天開始來上班！」我人生中的第一份正職工作，就這樣談定了。

除了活動專案的企劃需要企劃部門共同發想和執行外，我還負責一份報紙型雜誌的定期發行，介紹公司出版的書籍，這倒是滿符合我的經歷和興趣。每次我的主管（也是總經理），最後都會審視我的稿件內容和整體版面的設計，有時候他太忙（其實常常很忙），沒時間看，就會叮嚀我「要再多核對兩次，注意價格有沒有標錯！」當時才知道，標錯價格是件很嚴重的事。

我的另外一件主要工作是「客戶（讀者）經營」，要管理「客戶名單」和「新建名單」，客戶名單是指曾經透過劃撥或活動購買我們公司書籍的既有客戶，而新建名單則是來自與業者交換得到的潛在客戶。因為以前都是紙本，在尚未建立電腦資料庫之前，就是把這些紙本一頁一頁的新建客戶名單（每一頁大概有四、五十份名單），用裁紙機裁切成獨立個體戶名單，上面都有住址和姓名，然後一張一張分別貼到裝有宣傳廣告單的信封紙袋封面上。我也擔心名單被偷，所以會在名單裡面暗藏幾個假名單，當然我不會寄出這些假名單；但萬一這些假名單直接寄到我家，也就是我在家收到這份信件，就知道我們的名單外流了。當年，有需要這麼諜對諜嗎？這對於名單收集已經很容易的現代，應該是很難想像的土法煉鋼名單管理法吧！

薪水不多、每個月都存不到什麼錢的工作，果然是需要很大的熱情，在出版業才待得下來。我在這家出版社待了半年，決定考獎學金去日本留學；但因為這考試需要很多時間準備，所以我毅然決然提了辭呈，想專心全力應考，沒想到總經理卻讓我留職停薪。所以我就請了四個月的長假，直到第一關筆試通過後，決心衝刺後面的第二關筆試、個別面試和團體面試，於是正式提了辭呈，也堅持離職。

雖然離開公司，但結交了很多講義氣的朋友，是我人生第一份全職工作的最大福氣。

番外篇

會辭掉出版社的工作，倒不是我那麼先知卓見、預知了出版業的沒落，當年我任職的公司還是很賺錢的時期，其實是一片看好之際。至於我對日本的嚮往，是從大學時期便已經播下種子，學了日語、接觸了日本社會文化，希望將來有機會可以到日本去看看；但到日本留學這件事情，其實只有閃過一下，因為聽說去日本念書要花很多錢，不是家裡能負擔得起的。而讓我決定去考獎學金到日本留學的一個轉折，是當年的「東京國際書展」。

因為同部門裡面的兩名新進員工，只有我會講日語，看得懂日文，另外一位則是留美、能講一口好聽美語的企劃專員，後來老闆和總經理決定帶她去日本觀摩書展，而不是我。雖然我也能理解公司有業務上面的考量，但還是有小小的遺憾，也很羨慕，這就成為我決定前往日本留學的重要推力……你們不帶我去，我就自己去！沒錢，我就去考獎學金！我，就是要去！記得當時那股氣勢，很有驅動力，正因為當時我有了這個決心、下了這個決定，往後的人生就大大不同了。

留學時期

當沒有獎學金支助時，只好去餐廳當洗碗工，去活動中心當警衛，東湊西補，總算沒有餓倒街頭。

17 日本交流協會獎學生

在我大二暑假要升大三的時候，開始正式接觸日語，也因此逐漸燃起留學日本的夢想，驅動了我在日語紮實的學習，希望有朝一日真的可以到日本去看看。所以在我服役的那兩年，即便軍旅生活非常辛苦，也不會忘記抽出時間維持日語的接觸，甚至在嚴酷的行軍訓練中，我尚且利用晚休時間看些日語的資料、背些單字。退伍後，我一方面適應新的工作環境，一方面也去報名日語班，繼續學習。

就在我工作了幾個月之後，我發現，微薄的薪水要存到可以到日本念書，可能要花上二十年的時間，這讓我有點挫折。於是，我決定去考當時很誘人卻也很難考的「日本交流協會獎學金」。說誘人，是因為如果考上了，會有包括：台日往返機票一份兩張、研究所入學金（註冊費）約三十萬日圓，學雜費兩年共一百萬日圓，兩年裡每個月十八萬日圓的生活費，還有提供在日本國內旅遊的補助每年約四萬日圓，租屋費每月補貼兩萬日圓。

因為實在太誘人了，所以報名的人很多，甚至有人連著考好幾年，就是要拿到這份優渥的獎學金。競爭對手多，而且都是強手，尤其日語學系的應屆畢業生和系友，才是真正的勁敵。加上要考過三關，需要很多時間準備，於是我就在工作半年後，跟老闆提了辭呈，想專心準備這個獎學金的考試。結果，老闆和我的直屬主管決定讓我留職停薪四個月，第一關考完之後可以再回公司上班。我想他們應該覺得我很可能考不上，讓我有一個回頭返家的機會。雖然後來我在第一關通過後，辦理離職以便專心準備後續的筆試和面試，沒有再回公司，但我打從心裡感激他們的暖心善意。

當年這個獎學金的第一關，是日本交流協會委託台灣的教育部先進行考選，結果教育部竟然採用和公職人員一樣的考試科目，考國文、本國史地、三民主義、日文、專業科目（因為我的科系歸屬在法學院，所以我必須考「法學緒論」）。留職停薪的四個月，我都在圖書館K考科書籍，把高中念的書再找出來（後來直接去買新的），然後翻出大一時上課的用書《法學緒論》，還好，大一上過這門課，有印象；也重讀了三民主義（以前大學聯考要考的科目），最後還去書店買了高普考的考前猜題大全。以前考大學、上大學考期中期末考，都沒那麼認真。

九月放榜，我第一關通過了，接著是準備個人基本資料和研究計畫，同時也要準備日本交流協會辦理的日文筆試……文法字彙閱讀等的測驗。所以，我在收到第一關的合格通知後，跟公司辭掉工作，於是就澈底斷糧了。雖然準備考試的日子都在圖書館度過，每天的花費只有午餐、晚餐和日語補習費；但眼看著斷炊已經快半年的生活，其實對未來有點焦慮。然而，我的決心義無反顧，也想讓自己置死地而後生，拚了！

沒想到多年來日語學習的堅持，竟然讓我通過日語筆試，取得晉級資格，邁向第三關……這是我覺得最具挑戰性的一關，因為要用日語進行個別面試和團體面試。為此，我下了重本，從很拮据的生活中湊出錢來請「日語個人家教」，而且要找日籍老師，來增強自己最弱的部分：聽說能力。

面試那天，我記得很清楚。個別面試時竟然遇到其中一位面試官，是我曾經旁聽過他會話課的日籍老師；我也還記得三位面試官問我去日本想要做什麼研究？怎麼規劃？沒有獎學金的話怎麼辦？還問我研究計畫裡面的「年功序列制」、「終身僱用制」是什麼？對日本這兩個企業文化的傳統又有什麼看法？……感覺是一場好漫長的個別面試。接著是團體面試，十個人一組，自由發言（但怎麼可能不講話），當天我們抽到的主題是「體罰」。我記得剛開始我實在聽不出來主題 taibatsu 這發音的單字是什麼？心裡十分慌亂，想著：我都來到最後一關了，怎麼連主題的日語都聽不懂，就要這樣毀了嗎⁉在等待依組別進場的那段時間，很焦慮，很慌張，但實在沒有膽子去問旁邊的競爭對手：「taibatsu，是什麼意思？」應該也不會有人告訴我吧⁉進考場後，發現同組很多都是日語科系的考生，滔滔不絕地談述意見，我真的慌了！後來，我突然閃現：危機就是轉機。因為他們發言都講很多很多，我大概聽到第四個人發言的時候，就知道主題名稱了！然後整理大家的「寶貴意見」，沒想到我也可以侃侃而談，講出一些看法。

結果，我錄取了，而且，當年我的女朋友也錄取了。她從我們交往的大一下學期就開始學日語，幾年下來，有了日語的功力，也燃起留日的夢想。於是我們一起學習日語，一起報名獎學金考試，一起準備，一起赴考，一起找留學資料，最後，沒想到竟然同時通過了這個獎學金的三關考試。後來，我們領著這筆豐厚的獎學金，還申請到同一所大學，開啟了我們在日本多年的共同生活體驗。

在準備獎學金考試的那段期間，因為工作和日語學習的緣故，認識了幾位貴人，他們在我準備留日的過程中，扮演非常重要的角色。其中在我留職停薪四個月，再度返回職場的那段短暫期間，剛好認識一位日本的大學教授（台灣人）。他是一位重要且知名的台灣歷史學者，因為在台灣翻譯出版他的重要日文著作，來台進行新書發表及演講活動。也因為他是公司的重要作者，又和老闆熟識，所以在他停留台灣期間，老闆特別安排他住在公司的小閣樓，並指派我負責接待和打理這位貴客的日常生活。後來我和他有點熟了，會聊些生活或者未來規劃。我告訴他，其實我正在準備獎學金考試，要去日本留學。他問我有沒有什麼要幫忙的，剛好那時候我的考試已經通過第一關，需要用日文寫一份研究計畫，我硬著頭皮請他幫我看一下我那份很心虛的研究計畫草稿，沒想到他竟然就拿起紅筆、很用心地幫我修改了，幾乎重新寫過。這位溫暖的教授，把我往前推了一大步，讓我更接近到日本念書的夢想。

我在準備獎學金考試的期間，在一所大學的推廣部上日語課，一階一階讀上去，但主要還是文法的學習，通過獎學金考試第一關後，我決定要好好「面對」我最弱的「日語聽力」。但當時推廣部的日語會話課程並沒有我能夠上課的時段，於是，我便厚著臉皮到這所學校的夜間部去尋找旁聽的機會。後來我找到一門日語系開的日語會話課，任課教師是一位日籍老師，非常符合我的需要。我鼓起勇氣跟這位老師說明我想旁聽的理由和未來留日的規劃，沒想到他竟然應允了我的請求；但他說，他必須先徵得全班的同意，然後他不會點我發言，不會和我互動，以尊重選修這門課的同學的權利。我感謝這位友善的日籍老師的收留，我在那個班級上了半學期的課；而萬萬沒想到的是……他竟然出現在我獎學金考試的個別口試考場，他是主考官之一，這也太巧！

我為了快速提升日語聽說能力，所以決定找日語個人家教，鎖定日本人；但已經留職停薪的我，財力只能透過推廣班協助尋找短期交換生，前後經歷了四位，其中第四位最久，一直到我考上獎學金後才回日本，所以一直擔任我的日語家教。在我通過獎學金所有的關卡後，最後就是必須申請到學校和找一位日本當地的保證人，若沒完備，就算考上獎學金，也會因無法取得入學許可書和在日保證人簽名而被取消受獎資格。在日保證人是最難的，因為我完全不認識，連申請學校的指導教授都沒見過面，也很難啟齒。後來還是我這位日語家教老師請他的父親幫我做保，我才能順利交出申請書，獲得那筆獎學金。如果當初沒有這位日語家教，沒有願意替我擔保的這位家教的父親，我的留日生涯還不知是否能順利展開呢！

我在準備獎學金考試第二關面試期間，為了增進聽力和口說能力，請了日本學生當家教（東脩較便宜）；但因為大家其實都有各自的課業和生活，所以前後換了四位。其中兩位女學生，都很會打扮，整整齊齊，上粉化妝；兩個男生裡面，一位重視體面，理容梳頭，另一位因為不是學生（旅行到台灣），喜歡到處漂泊，所以不修邊幅，裝扮隨性。但這兩位男家教，都愛抽菸，隨時都可以聞到他們身上的菸味。喜歡到處旅行的家教，我喜歡他的放浪不拘，喜歡他講起話來輕聲細語的溫柔（完全不像他壯碩微胖的體型），還有他很有耐心，想盡辦法用不同例子解說兩個相近的日語差異。就算有時必須仰賴比手畫腳才能弄清楚一些日語會話的習慣用法，花去很多時間，卻反而因此感受到他的用心和暖心。在我考上獎學金去日本留學時，我試著聯絡他，看他有否回到東京。沒想到他住東京的家人在電話中告知，他在旅行到中東時，因為在飯店床上抽菸，不小心導致火災身亡。這讓我非常難過，本來還想著，當他回到日本、而我也還在日本念書時，可以去東京找他敘舊，沒想到世事難料，只能心存感恩，好好珍惜當下。

我在高中時，原本是以法律系為第一志願，對法規的適用性特別感興趣，可惜沒考上。倒是上大學後，系上的必修課程有一門「法學緒論」，課程滿有趣的，只不過老師出的考題都超級刁鑽，雖然都是是非題，二選一，但總是很難判斷對或錯，有罪還無罪，答錯了還得倒扣分數，是一門很有趣卻很刺激的課。沒想到當年這位嚴師，在我十幾年後留日返台任教期間從國立大學退休，被禮聘到我的學校來擔任院長。記得第一次在校園裡相遇時，我第一聲就感謝他，我告訴他，當年他的上課內容，還有使用的教材，後來成為我考上獎學金出國念書的第一道助力，我也才能到日本念書拿學位，回國擁有教職。能在這裡遇到老師，讓我有一個當面道謝的機會，一切，都好像在冥冥之中注定好了。

18 餐廳的洗碗工

到日本留學，雖然獲得日本交流協會提供的奬學金，但第一個月還是得自己先墊些生活費用，為此，我還先跟親戚借了一百萬日幣帶去日本。雖然留學的前兩年有奬學金的支撐，學雜費和平日生活費大致不成問題，但考慮到可能還要在日本多待幾年，所以在我第一年十月研究所放榜、得知錄取後，就開始打工存錢了。

我打的第一份工是在學校宿舍的食堂。當時我才到日本半年，還在適應日本人講話的速度和用語習慣；加上前半年大部分時間都在圖書館準備研究所入學筆試，沒有太多時間與日本人接觸聊天，還沒辦法完全聽懂日本人的講話內容。所以，一開始我被大廚安排「清理桌子」、「掃地拖地」、「收碗盤」和「洗碗盤」的任務。雖然洗碗盤有洗碗機，但剛收回來的碗盤需要進行第一次清洗，處理比較油膩的部分後，才能放進大型洗碗機裡面。

我雖然都有戴手套，但每次在長兩公尺寬一公尺的水槽前面望著上下沉浮的碗盤時，心理上總覺得雙手還是很油膩，也可能是因為油脂的味道，讓我有這樣的錯覺；不過，上了幾次班後就習慣了。大概這樣洗了三個月，開始排早班，一早就上工協助大廚處理一些料理前的準備工作，當然不外乎擦桌椅、排桌椅、搬貨、卸貨、洗菜。大廚沒讓我動刀切菜，也不讓我碰瓦斯開火，可能是擔心學生的安全，當然也可能是覺得我切不快又切不好吧！

不過，半年後，因為有段期間人手不足，大廚有時要我進廚房顧一下炒鍋裡的菜，我就協助著翻炒，可能大廚看我炒菜的姿勢，應該有下廚的經驗，才問我。我說我喜歡做菜，從小學起就幫家裡做菜給弟妹吃。於是，我就順勢也順利當上了「二廚」。說是二廚，其實就是依照大廚的指示，放油，放菜肉，翻炒，最後放入調味料，盛起裝盤，端到餐檯。雖然一點都不難，但因為是學校的宿舍食堂，每盤菜的分量都很大，所以大炒鍋需要用大鍋鏟。以前在家裡總是用小鍋鏟，左手握炒鍋的手把，右手拿鍋鏟炒菜，在這裡自然也就用同樣的方式在食堂的廚房炒菜；不過這樣當了一次「二廚」後，發現右手癱軟無力。大廚知道後跟我說，最好是用雙手握住大鍋鏟，像握住圓鍬翻土一樣就對了。我照做，才發現，原來大食堂的菜是要用雙手炒的，這樣才省力，才不會傷到筋骨。

又過了一陣子，我開始可以到餐檯接受顧客點菜了，我必須在很短的時間裡聽清楚來點菜的學生說出的餐點名稱，然後幫他們夾成一盤。雖然有時候因為現場比較吵雜沒有聽清楚，但來客大都可以體諒，也讓我慢慢不會那麼緊張。

因為打工的宿舍食堂在學校的最北邊，我的宿舍卻是在學校的最南邊，南北狹長超過三公里的校區，平常騎腳踏車還好，但如果遇到雨天或地上結凍，不方便騎車時，我就得要走上四十分鐘才能抵達。尤其在開始打工沒多久就到了冬天，天寒地凍，差點就另外謀職；但撐過冬天後，和食堂的職員、工讀生熟了，發現每次上工都有種回家幫忙煮飯的感覺。那是我在日本，第一次這麼近距離地接觸日本團體，覺得被溫暖包圍。

番外篇一

第一次在日本打工，對於一些店家的職場文化不是很清楚，但一年下來，也從他們身教言教中獲得很多「常識」。像以前知道日語的「早安」怎麼說（當然就是早上遇到人的時候說的呀），但後來我聽到來打工的學生和食堂的日本員工，在上工時都會用「早安」，即便是在傍晚時分。原來，日本人習慣在上班時用「早安」來打招呼，據說可以提振上班的精神；因為總不能排晚班（傍晚）的工讀生一上工，就跟他說「晚安」吧！另外，我的大廚還告訴我，每次上工時要走後門進來（除非那個店家沒有後門），因為前門是給客人走的，工作人員不能從前門大喇喇地走進來，那是沒有禮貌的行為。我，真的是受教了！這是一個非常講究禮貌與尊重他人的國度，雖然有時候會覺得過度重視形式，但知道日本人待人處事背後的思考邏輯，其實也會很感動。

番外篇二

我兒童時期住的舊家，是三個家庭分租一層的老式平房。廚房是各家共用的，偶爾也會因為使用時間和清潔整理產生爭執，甚至惡言相向。有時我看到被氣哭、窩在床上落淚的母親，會很不捨，那讓我生平第一次產生想衝去打人的念頭。

我的父親不會做菜（據說後來只學會煎蛋），只管上班賺錢，早出晚歸；母親是完全的傳統婦女，相夫教子，家裡裡裡外外、上上下下，所有家事都要她來打理。當然，每日三餐是母親最基本的工作。母親偶爾也會出去辦事或訪友，我就會負責洗米煮飯，等她回家燒菜。在我小學低年級時，她回南部娘家待產（小弟），我在那段期間還曾經負起家裡三餐的責任。

跟著母親，看她做菜，邊看，邊問，邊學，所以學會了幾道菜料比較複雜的家常菜，像是酸辣湯和糖醋吳郭魚，可惜就是沒有把滷肉的訣竅學起來，現在反而是回老家時指定請母親下廚的懷念料理。

我也總是會陪母親去市場買菜，聽她和菜販魚販肉販間的對話。母親從不挑菜，完全委由攤商選賣給她，她只管付錢，還有和他們閒話家常、親切問候。那是我從小就感受到的傳統市場的溫暖，即便是在一種商業交易過程當中，也能感受人與人之間的感情連結。

19 出版合作商談的日語口譯員

我在日本念書的第三年，以前在台灣上班的出版社老闆要到日本來，計畫去拜訪一家出版社，談當時正起步的電子書，想看看有沒有什麼技術或出版上面的合作機會。因為老闆完全不懂日語，需要有一位隨行口譯員，找上我，我當然義不容辭。於是我幫他聯絡了出版社，弄清楚在東京都內的公司位置，再幫他訂了一家車站前的飯店單人房。

記得他在越洋國際電話裡面跟我說，飯店，單人房，只要乾淨，簡單，不需要很貴的那種。於是我翻開旅遊飯店資訊的雜誌（當時沒有網路搜尋），最後找到一家交通方便又有早餐的飯店。拜訪公司的那天早上，我從住處搭長程巴士到東京（大概要花一個半小時），再轉電車到飯店；老闆要我直接上樓到他房間等他一下，一進門，我發現他住的竟然和我學校宿舍房間一樣大，就一張床，一個小衣櫃，連桌椅都沒有，而且也沒有電視機。我當場跟我的老闆說抱歉，讓他住那麼寒酸的飯店房間；但他卻說很舒適，他一個人也不需要大空間，行李打開蓋上，也不需要桌子椅子，電視節目也聽不懂，住起來很好。

不是很久的商業拜訪，課長和組長來接待我們，談了些目前日本在電子書領域進行的狀況，也提了一下日本出版產業碰到的問題和機會，口譯任務大致還算順利。拜訪結束後，老闆要我帶他在東京走逛一下，然後帶他去吃美食，最後我們決定吃燒烤，對，高級日式燒烤。那是我在日本第一次吃那麼貴的料理，花掉近兩萬塊日幣；最後送老闆回飯店，他很感謝我幫他口譯，一定要給我工讀金，拿了兩張福澤諭吉（即一萬日圓紙幣）出來，最後在互推之間，我收下了其中一張，那是我在學校必須打工兩個全天才有的薪酬。感恩老闆，他知道我留學生活用錢不寬裕，特別要給我幫助和打氣。我收下，也記住這份恩情。

提到訂飯店這件事，我發現我其實是一個很喜歡安排旅遊行程和服務遊客的人，在日本留學期間，只要能湊出點經費來，就會開始排旅遊行程，尤其是在漫長的暑假期間。我會開始找資料……去書店或便利店買旅遊雜誌和日本交通時刻表，來作為時間規劃的依據。你一定會想問：不就上網Google一下就好了嗎？哈哈，當年我開始接觸網路，是在我留學即將返台的前一年，在那之前主要的參考資料都是紙本，想要最新資訊，就得要去書店或便利店買來看，就連當時號稱最準時的日本電車，時刻表都每個月出版一本，而且還有隨身攜帶的口袋型版本。

安排旅遊行程對我來說，樂趣來自於和時間的賽跑，還有對景點選擇的挑戰，我是自得其樂。但我記得在日本的前幾年，對於很多日本飯店的「規矩」不是很清楚，也弄不懂他們飯店的房型種類與大小，往往也會出錯。所以像前面提到給以前公司老闆的訂房，自己看了也覺得很不好意思；還有幫一對來日本自由行、我很熟的新婚夫婦訂房，我竟然不小心幫他們訂了兩張單人床的房型，然後他們笑說……我一定是嫉妒他們新婚，所以才故意要強迫他們分開睡。

20 社區民眾活動中心管理員

留日期間打最久的工，是到隔壁村的「公民館」擔任管理員，每個月依照排班的天數核算薪資，大概勉強可以支付三餐的開銷。所謂的「公民館」，就是當地市政府所營運管理的社區民眾活動中心，有大小不等的空間（體育館、網球場、槌球場、教室、會議室……）可以租借，也開設課程給當地民眾來報名上課（插花、製麵、茶道、短歌俳句、英語、烹飪、舞蹈、樂器……）。白天的時候有上班的公務員負責管理，但平日下午五點半以後，還有週末兩天，就需要警備管理員來協助。市政府把這項工作外包給保全公司，我就是被保全公司聘僱的兼職警衛管理員。

我的工作不是很難，但要很細心，因為每次閉館熄燈前，必須全區左左右右、全棟建築上上下下，每個場所，每間教室仔細巡查，確認沒有火苗或可疑人物、可疑物品，也檢視所有窗戶都關好鎖上，最後關燈，鎖門，設定夜間保全系統後離開。另外，當班的時間裡，因為要接電話回應問題或遇到單位交代事情，或者可能是民眾打電話進來找上課的老師或學員，所以日語要聽得懂，說得通。

平日的下午，我大都先吃飯；週末兩天比較麻煩，因為一整天都可能排課程，電話也較多，不容易跑出去買餐點，何況在鄉下，能買到餐點的地方就只有便利商店，但，也是要開車。所以，我如果在週末當值，就會把午餐晚餐都帶著，有時為了省錢，午餐吃麵包，晚餐也吃麵包，或者有時會稍微奢侈一點買微波食品熱著吃。

我經歷了兩個不同的公民館，都是在隔壁村，每次從學校開車過去都要二十幾分鐘，也都不是在村子裡最熱鬧的地方，而是在偏僻之地（所以才有更大的空間可以規劃活動場地）。其中有一處公民館，據當地耆老說，很久以前是一家肺結核病患的收容所，當年因為肺結核是不治之症，所以這些病患其實是被隔離在那個收容所。雖然這已經是很多年前的事情，也無法求證，但每次到晚上十點閉館下班前，當我四處巡邏，尤其上去暗暗的二樓檢查門窗時，其實都心跳加快，快快完成檢視。方圓三百公尺內都沒有住家的公民館，後方則是晚上都沒有人的高爾夫球場。所以，每天晚上都在考驗我的膽子，雖然後來也慢慢習慣了，但還是覺得鄉下太冷清。

因為我通常會提早十幾分鐘到班，所以有機會和白天的職員聊上幾句，我發現老職員和年輕職員很不同。老職員常常會提醒你要注意這個、注意那個，不要忘了這個、也不要忘了那個，有時你會覺得他們交代的事情太瑣碎、或者都是已經講過很多次的事情，太囉嗦，卻也常常在日後真的碰到事情的時候，覺得很受用。年輕職員則是比較愛玩，記得當時在我任職的第二家公民館，辦公室有兩個較年輕的職員。一個愛開跑車，每次一下班，就去開他那部跑車，沒多時就會聽到他的跑車在外頭縣道上面的起步引擎聲；另一個職員則是一下班就會先衝去打柏青哥才回家，是個標準「柏青哥成癮」的爸爸。

番外篇

因為是在社區民眾活動中心打工，所以認識了很多來授課的老師，像教英語會話的澳洲籍老師，英國腔很重，留著一頭蓬鬆亂髮，碩壯的體格，很紳士，也很帥氣。一直在他要回國前，我才知道，他已經六十歲了。還有一位製麵的阿伯，手擀蕎麥麵，比一般市售的粗，偏黑，有嚼勁。很慈祥的這位阿伯，每次一進來辦公室，就會抓著我一直聊一直聊，然後追問上次送我吃的蕎麥麵好不好吃。我最怕的，是一位教日本茶道的老師，每次她都穿和服，盤髮，舉止優雅，待人有禮，講話從容不迫，只不過眼神很銳利，總覺得她一眼就會把人看透；她在課間還會請學員送抹茶來給我喝，我必須用她之前簡單教我的「茶道」來喝茶，對，就是接過茶碗後，把茶碗轉呀轉，三口喝了之後，再轉呀轉，還給端茶來的學員。好苦的抹茶，所以都會把原本日本茶道中應該先吃的小甜點故意放到最後，一喝完抹茶就趕緊取來放入口中，完全沒有遵照順序。

要說在公民館打工期間最有記憶和交情的，應該是我在那邊認識的一位七十幾歲的阿嬤學員。她所屬的小型社團，常借用教室聚會，因為我負責開門和清潔善後，所以常有機會和她聊天。很慈祥、很溫暖的阿嬤，會去打軟式網球和槌球。後來她還邀請我去她家作客，在鄉下田間的日本屋舍，就像一幅畫；我找我當時的女朋友一起去，阿嬤還讓她媳婦拿出浴衣幫我女朋友穿好，很用心地拍照。我因為多次前往阿嬤家，所以也認識了阿公、阿伯、阿姨……這一家人的溫厚善良。只是，在我返台前一年，這位阿嬤過世了，阿公擔心我不熟日本的告別式，讓我先去家裡瞻仰阿嬤的遺容。再次近距離地看著阿嬤，感受的，不是悲傷，而是阿嬤滿滿的慈祥與溫暖。

21 指導教授的研究助理

在日本念書，除了學雜費之外，生活費也是個大問題，打工賺錢和領獎學金是兩個重要經濟來源。打工比較穩當，因為我只要努力去打工，就會定期有錢匯進帳戶，但總是占用很多時間；加上外籍生大都從事薪水不高的工作（沒有太多人際互動的服務），所以要花更多時間才能換得基本的生活費。留學前兩年的獎學金，加上工讀金，尚可維持第三年的生活，順利完成碩士班課程；但在我留學第四年、正式進入博士班時，再次沒有申請到獎學金。可能我的指導教授看出我生活很拮据，所以將他一些專案研究的助理經費撥給我，要我協助一些關於資料整理和統計的工作。由於那些對我來說不難，在我財務狀況最慘的留學第四年，才得以有了一點基本的經濟支撐。

我的指導教授參與了很多市政計畫，地緣人脈也相當廣闊，所以手邊一直有一些關於土地開發、市民意見、勞動政策的調查研究。政府機關和民營機構都會來找他幫忙，我們這群他手下的徒子徒孫就跟著勞動工讀了。記得有一次在我們交出報告時，指導教授笑笑問我們：「如果我暫時離開學校，你們沒有人指導，可以嗎？」本來以為他只是開開玩笑、嚇嚇我們，後來才知道他曾經被重要人士徵詢推舉，差點去選縣長。

在我諸多種生活財務來源當中，比較期待的是每年起碼可以申請上一個獎學金，但因為僧多粥少，每個獎學金的申請都很競爭，時有時無，時多時少，每每申請結果公布後，都會牽動那一年我生活時間的配置，也決定了那一年可以安逸點，或者得要清苦過日子。每個獎學金申請都需要指導教授的推薦意見，所以我每年把好幾個獎學金申請的資料拿給我的指導教授時，都很不好意思，一直跟他說抱歉，說我每年都要來麻煩他這件事情，還得勞煩他一件一件看，一封一封地寫。因為我的指導教授都親自寫，然後簽上名，裝入信封，再簽名彌封，這讓我覺得更不好意思。想起以前我在念大學時，有很多老師都要申請獎學金的學生先把推薦信寫好，讓老師修改，過目無誤後，只負責簽名，頓時會覺得我的指導教授很偉大，我很感激他。

記得有一年，我在等待指導教授給我推薦信時，又重複感謝加抱歉的一串話，這時我的指導教授說：「許君，你不要不好意思，因為協助指導的學生申請並爭取到獎學金，是指導教授的責任，這是我責無旁貸、應該要做的事。」我聽了，當場差點落淚。原來，我的指導教授一直是用這樣的態度看待我的獎學金申請，這讓我非常感動。正因為受到指導教授的影響，我在返台任教後，只要是認識的學生來請我幫忙寫推薦信，我都不會拒絕；即便是成績不佳的學生，我也會幫著找出他在其他方面的優點，結合申請單位的屬性和要求，寫出獨一無二的推薦信。而且重點是：推薦信，再趕，再費時，我都一定會自己寫。

傳承自指導教授的，除了學術的專業外，還有師徒間的溫暖，以及身為教師的責任感；這也成為我在日後投入教育工作時的自我定位，並因此延續了教育的熱情。

番外篇

雖然我前兩年有日本交流協會提供的獎學金，省點花，大概可以撐到三年，但之後還是得用力打工，才能撐住生活。所以，我在留日的第一年到第三年有每天記帳的習慣，而且每天都要把手邊現金和收支（主要是支出）算清楚才能睡覺。記得有一、兩次，手邊現金和支出兜不攏，雖然都只是差個日幣十元二十元的，但還是苦思很久，最後才放棄（告訴自己是零錢掉了或買東西結帳找錯了）。

在我留學第四年時，沒有申請到任何一個獎學金，面對每個月大約十萬塊日幣的生活費，張羅起來可真要費上一番功夫。記得有一次去ATM領錢，竟然一直不讓我領，我本來以為是提款機沒有紙鈔了，換另一部，還是一樣；當下我認定是我的提款卡壞了，但螢幕上卻沒有出現任何錯誤訊息，但仔細一看，才發現……原來我的存款低於一千元日幣，連最低門檻的一張一千元紙鈔都領不出來。想著發薪水的日期，還有兩天；於是身上的幾百塊日幣銅板硬是撐了兩天。那是我在日本留學期間，最窮最拮据的兩天。

22 學術研討會工作人員

我在日本念研究所期間，有幸遇到我所屬的系所承辦全日本最大的社會學研討會，因為是一個盛大隆重的學術研討會，所以我們系所早在一年前就開始籌畫，尤其最後三個月，針對事務工作細節開始討論、協調與分工。專責教授負責規劃指導，我們研究所的學生當然就是接獲指派任務後，進行細部想定，最後執行完成。

不過，光是細節的討論就要花很多時間，我也第一次體驗到日本人的面面俱到和對細節講究的程度，甚至有時會覺得他們太過於吹毛求疵。另外，我也發現日本人有工作狂的特質，一個會可以從早上開始，中午吃午飯，邊吃邊開，午餐後繼續開；到了晚餐，叫外送，繼續邊吃邊開。我以為吃完晚餐就會解散，有需要討論的部分應該會留到隔天，沒想到吃完晚餐，繼續開會，開到晚上十一點，我累了；這時召集的教授竟然要某個學生去買宵夜！當然，宵夜不是讓我們帶回家，是讓我們在現場吃；當然，吃完宵夜後，有力氣了，再繼續開會。雖然很累，但大家還是撐著，因為教授沒走，大家根本不敢離開。

由於辦理研討會的經費很充裕，投入研討會的所有師生，都會依照出席討論協調會的次數、時數，以及研討會當天的任務分派，編列誤餐費和工讀金。所以在研討會結束後，我也簽領到一筆為數可觀的工讀金，緩解了生活的經濟壓力。

除了有實質的工讀金外，我也從整個籌辦過程中學到很多日本人做事的態度與方法。所有勞心勞力又費時的討論，其實都是為了兩天的研討會可以順利圓滿。除了一般研討會的流程外，還包括出席學者的訂房與接待，研討會教室的安排與布置，印刷品的編輯與送印……等等。尤其校區動線的規劃，還必須考量身障人士的行進路線，這是在三十年前，「無障礙」概念都尚未成熟，更不用期待校園是個全面無障礙空間了，所以我們必須想定身障人士進校園的地點，並從那個地點開始，安排能夠順利到達他想要去的開閉幕會場和任何一間研討會教室的動線。由於這個研討會各分組討論的教室總共有數十處，所以每個動線規劃與當天的引導人員配置，都得要事先設想周延。這是我在留日期間學到的日本人做事的方式，一直很受用。

沒想到這些經驗，在我日後返台任教於大學並在隔年擔任系主任的時候，竟然讓我可以寫出一份完整的學術研討會企劃書，跟政府相關單位申請到非常高額的經費補助，讓那次研討會的舉辦完全沒有經費上的後顧之憂。由於申請到的補助金額是當時其他系所獲得補助的五倍之多，所以還被校長「請」去了解：是否有認識政府審查單位的高階官員!?

番外篇

因為是念研究所，尤其是在博士班時期，指導教授常常會帶著我們學生去參加學術研討會，但因為知名的大學都距離很遠，窮學生也花不起錢搭新幹線或電車，所以常常就是幾個學長學弟約一約，開著一部車前往研討會會場。有時，指導教授也會跟著我們一起，帶著徒子徒孫去見世面。記得有次去參加一場學術研討會，學長開車，載著我們的指導教授和他指導的幾個學生，擠一部車子，看著地圖，結果還是迷路又繞路，多花了近一個小時才到會場。三十年前，在我們的車上都備有地圖，很難猜想今日竟然都可以靠導航的指引、輕鬆前往目的地。

那次研討會，趕上開幕，也看到很多學術大咖，聽他們在台上精闢獨特的見解，台下溫文儒雅的回應，都可以感受到他們在專業領域的風範。但也因為學術差距太大，我們這幾個留學生和他們在茶會時的交談，就顯得觀點表述有點捉襟見肘，有時乾脆賴在茶點桌邊「藏拙」。倒是有一次遇到很貼心但其實讓我心傷的教授，直接對著我們說：「蛋糕很好吃喔？你們來就要多吃點喔！」這羞愧的經驗已經變成我留日生活的重要印記。直到我回台任教後，總是不斷提醒學生，將來去參加學術或產業研討會，甚至商務的聚會，如果主辦單位有安排茶點招待，請記住：不要一直黏在滿滿都是點心的桌邊狂吃，請好好利用這個機會去拓展人脈，增廣見聞。

23 日本扶輪社米山獎學生

我到日本念書，一共待了六年半，第一年是「研究生」（kenkyuusei，指沒有正式進入研究所而只是進行專題研究的學生，但其實大部分都是為了準備入學考試），考上研究所後的兩年是碩士班，後面的三年半則在博士班。因為最後撰寫論文的時期，可謂夜以繼日，需要很多時間的投入，相對能打工的時間勢必大大減縮。幸好在日本留學的最後一段時間，申請到日本國內給研究所學生額度最高的獎學金——扶輪社米山獎學金，讓我在撰寫博士論文的兩年半裡，比較沒有經濟壓力。

因為我被分到的扶輪社分部較遠，所以我每個月都要開一個多小時的車前往參加他們的例會。在會場看著大家分工搬桌擺椅，準備餐食，討論議題，聆聽專題報告，都讓人覺得在一個多小時的例會裡收穫滿滿。我看到他們的奉獻，熱心，責任感。在例會結束後，照顧我的扶輪社社員還會與我有一個小時的交談，了解我生活上的困境與需要，並且協助我解決。

每次例會在唱扶輪社社歌時，我都會盯著歌詞，慢慢去感受歌詞裡面要傳達的——和平，奉獻，還有與他人產生羈絆連結——使命與生活態度。我在留日期間有幸遇到這些年長的大叔和阿姨，從他們身上學到很多做人處事的道理，還有看事情的角度。記得每次參加扶輪社的聚會，面對他們有時正經、有時開玩笑的對話，常常因為聽不懂一些雙關語而顯得尷尬，後來我竟然選擇「陪笑」……看到他們笑，就跟著笑。後來有一位扶輪社社員對我說：「懂就懂，不懂就說不懂，沒關係，千萬不要、也不用不知所云卻還一直附和點頭和陪笑。」這段話影響我很深，因為我所理解的日本社交文化，往往會流於一種形式上的互動，也就是要盡量站在對方的角度思考，聽者為了不失禮，不讓交談情境陷入尷尬，連無意義的點頭和回應，都成為日本人的社交習慣。但這位社員希望我不要受到這種「形式上的善意」綁架，應該真誠表現出自己最真實的理解和感受。

領受高額的獎學金，又能學習很多人格教養和生活觀念，在實質和精神層面都獲益良多，我能在留日期間有這樣的境遇，很感恩。

我領獎學金所屬的扶輪社離我的學校有點遠，定期每個月去參加的例會外，只有在節慶聚餐或安排企業參訪時才會過去，所以並沒有太頻繁的互動；倒是學校隔壁村的扶輪社，因為社友組了一支軟式棒球隊，輾轉知道台灣留學生很多人對棒球有興趣，便找我們一起練球和賽球。因為是聯誼，加上他們都是有點年紀的大伯大叔，所以大家打起球來都很輕鬆歡樂，不在意輸贏。而且為了在球場上顯得「專業」一點，他們還集資幫我們留學生棒球隊的每位隊員都製作全套球衣。

我們通常是在假日打球，所以結束後就會到附近的居酒屋享受美食，而運動後的啤酒暢飲，據說是日本的一種文化，我入境隨俗，最後竟也變成我的生活習慣。扶輪社社員來自各行各業，最多的是醫生，另外也有很多是建設公司的大老闆，還有從事商業買賣的自營商，經濟能力都很好，所以每次他們都會自掏腰包分攤聚餐費用；有時候我們還會到社員的家裡，在偌大的庭院裡面烤肉、唱歌、喝酒。

因為和扶輪社球隊長期一起練球，台灣留學生所組成的棒球隊，後來也在我

（隊長）的堅持下，維持每個星期練球的習慣。最後還報名參加市府辦的、有一百多隊的乙組軟式棒球比賽，沒想到第一年就一路過關斬將，拿到冠軍；隔年被拉升到有十二支球隊的甲組，最後也拿到季軍。這些都是在我的留學生活裡，除了上課讀書寫論文之外的特別回憶。

返國工作——專職

飲食，治裝，買房，買車，成家，生小孩，養小孩，繳保險費，存退休老本，全靠這些穩定的收入來源。

24 大學專任教師

當我提交博士論文後，決定先返台了解就業市場，希望可以覓得大學教職，完成當初赴日留學的目標。我一共寄出十一封求職履歷，八家大學沒給我任何回應，三家則來信說「很抱歉……很可惜……」，所以我只好簡單收拾行李，準備再回到日本去面對論文口試。

我的大學同學知道我回台灣，總會約好聚會，那次的聚會時間就訂在我求職潰敗、準備返日的三天前。沒意外地，大家追問（其實是好心地問）我的求職狀況，而我只想簡單帶過。席間，我一位在大學人事室擔任主管的同學，問我可有投遞他任職的學校，我說「有呀，但石沉大海！」他說回去幫我看看。原來，我寄去的科系，當時根本沒有教職缺額，當然完全沒機會。他在電話裡問我，要否幫我轉去其他有招聘教師的學系試試，我當然感激不盡，然後存著一絲希望。

隔天，電話來了，該學系的祕書通知我在返日前一天去面試。面對系教評會委員的提問，我也展現投入高等教育的熱情與積極態度，沒想到我回到日本時就接獲系祕書的來電，告知我被錄取了；接著經過二級二審（當初是學院），就這樣通過了我的教職人事案。後來在課程的安排時，我才知道，當時有一位即將轉職到國立大學的老師，他釋出的課程剛好跟我的專攻背景幾乎一致，甚至還有他手上好幾個班的日語課程也要有人接手，而日語也正是我一直有所準備的科目，於是就這麼順理成章地獲得這份教職；不，其實是我很幸運地得到了這個工作，也感謝當時的系主任和各級教評會委員。萬萬沒想到這個工作，竟成為我持續多年、幫我累積最多薪資收入的工作，讓我買房、成家、買車，生小孩，養小孩，繳保險，存退休老本，都有了穩定的經濟來源。

擔任二十五年的大學教師，在教學方面，開設課程一開始還是我接觸較久的領域：人力資源管理、組織行為、管理心理和研究法，還有自己尚有自信的日語課程；後來遇到數位網路、社群經營概念的崛起，我也擴展研讀的範圍和視角，開設了數位行銷、網路經營的課程，讓自己可以跟上潮流，和年輕學子一起走在時代的浪頭上。

另一方面，我也把重心放在輔導學生身上，希望引導學生積極向學，學習課程專業，學習待人處事，學習瞻遠視野，學習尋夢追夢；倒是在研究方面，除了擔任教職的前幾年積極投入在研究和撰寫論文上，也接了一些專案研究，但後來則選擇了教育的根本……教學與輔導，總覺得那是對學生最直接有幫助的方式。可能是因為我把全心投入在教學與輔導工作上，逐漸累積心得、精益求精，所以也曾獲頒這兩個項目的傑出獎座和獎勵金，頗為感念。

從教別人的小孩念大學，一直到自己的小孩念大學，也經歷了二十五年的教育生涯，逐年在追回當初踏入教職的熱情。雖然近年來我深刻感覺到大學生從學校獲取知識的慾望減弱，時而失望，時而退縮，但最終還是挺住撐過這麼多年頭，回頭尋找投入教育的初心，期待還能對年輕學子做點有幫助的事情。

番外篇

我的生命中有很多恩人，像這位大學的同班同學，牽線讓我獲得面試機會，最後才得以擔任教職，圓夢，生活穩定，持續貢獻教育，我真的由衷感激。想起當年大一時，第一天上課，我很早就到校，從後門進教室，坐在最後一排；萬萬沒想到當天的「任課老師」比我早到，「暫時」坐在我們學生的席位上面。他穿著乾淨的白襯衫和西裝褲，襯衫上面打上一條樸素典雅的領帶，頭髮抹上重重的髮油，讓頭髮完全整齊平貼在頭頂上，桌旁放著他的公事包，對，就是那種大大的傳統型公事包。原來大學的老師都這麼早到（有點意外）！沒多久，同學陸續走進來，上課鈴響了；這時，「真正的」任課老師走進來了。那，剛剛我以為的任課老師……原來是我同學！對，就是我前面說的這位恩人。後來，他被大家推選當上班長，大一下學期找我當學藝股長，我也積極為班上籌畫了好幾個活動，像本土語言演講朗誦比賽、話劇比賽，還辦了小型班刊，把全班搞到都快沒法準備功課了。

和他真正熟絡起來，應該就是到原住民部落的探勘三人小組，深入山區，有很多時間可以聊天談心。我們還曾經搭計程車去攔每日只有一班的客運車上山，偶爾也會搭當地熱情民眾開的小發財車衝下山去，轉火車，換客運，去墾丁和班上其他二十幾位同學會合旅遊。在原住民居住地的探勘與協調任務，一路上，他總是襯衫筆挺（這會兒沒有打領帶），頭髮整齊；我則是簡單T恤，一雙夾腳拖。奇怪的組合，但也互相學習，互相關心，互相包容。沒想到，我人生最長最

25 大學系主任

任大學教職的第一年，手邊有五門課程，雖然部分是我長期接觸的領域，但備課還是非常辛苦，經常是到了前一天幾乎要開天窗之際才完成。所以，我在大學任教的第一年，幾乎都是早上七點多進教研室，上課、備課到晚上十點鐘才離開，整天哪兒也去不了，有時系主任還會過來談點系務，交辦點任務。但因為當時的系主任很有心經營我們系，受她的影響，即便備課幾乎已經占去所有時間，我還是想辦法騰出點時間來協助一些系務。

沒想到在隔年夏天，系主任生病住進醫院，我也就很自然、也很自主地幫忙處理系上的業務；更沒想到的是，系主任在夏天結束後就過世了。於是，我被指派接下系主任的工作，雖然當初我不知道是否有意願，也好像沒怎麼被徵詢意願的問題，只因為熟悉系上業務，就順理成章、也義不容辭地接下系主任一職。

因為我是當時全系最資淺的老師，所以當我要面對系上每個都比我資深的老師時，其實是一件非常糾結、非常難熬的事情；還好終究只是心理作用，總算平順接下這個職務。因為從來都沒有去刷學校薪水轉帳的存款簿，也不會去問主管加給是多少錢，所以一直都不知道兼了這個行政職務，究竟多了多少薪水，只覺得盡心盡力去做事就對了。沒想到，這一頭栽進行政工作，竟然就六個年頭。

番外篇

大學任教的第一年，常因備課到很晚，第二年接下系主任後，更閒不下來，往往系務處理到晚上，偶會錯過晚餐時間，又或者是餓了也累了，就想在回家前到學校附近夜市去吃個宵夜。當年就這樣培養出兩個「陪吃」的學生，她們常常就是不期然在我的教研室或主任辦公室出現，然後問說：「老師~要不要去吃宵夜？」於是，在日式居酒屋的宵夜也成為那時候我的生活日常。叫幾盤小菜，喝兩杯啤酒，和這兩個學生聊上幾句話，算是給自己一整天工作的獎勵和激勵。

後來更熟識了，除了宵夜外，三個人還會一大早約去學校附近的咖啡館吃豐富的美式早餐……有烤厚片土司、炒蛋、培根肉、沙拉、果汁那種，最後喝了香醇的咖啡後，才進學校上班上課。（雖然我一直都不知道這樣慢食的早餐有沒有耽誤了她們上課？）

她們是我到學校任教以來，疼愛最久的兩個學生。其中一位，是在我剛到職但還沒開學的暑假裡遇見的，是我在大學遇到的第一個學生，因為那年她剛接任系學會會長，暑假就已經在學校籌畫活動，所以我在學校的第一個師生緣，給了她。另外一個，是這位會長帶來看我的學生（感覺像是到動物園來看動物一樣），她是我教書二十幾年來，遇到最敏銳、溫柔又心思纖細的學生，往往很多事情我還沒講，她都已經知道、而且提前幫我準備好或辦好了；然後，還會給你意外驚喜。

後來，這兩位學生和我們家都很熟，熟到誇張的程度。其中一位，竟然還把耳環和戒指遺落在我家客廳……（雖然到目前為止都不知道、也忘了當初她為什麼要把耳環戒指拿下來）；另外一位則喜歡我們家客廳的沙發，每次來就會窩在那邊睡，管不得一堆人在旁邊吵，直說我們家的沙發好軟，很好睡，然後真的睡到要叫她起床回家。另外，在我家廚房的地板上有三個小破洞，就是這位學生從冰箱取 Corona 啤酒時，把整排玻璃瓶啤酒直接掉落地板，整個大爆裂，碎片從廚房直噴到客廳，嚇壞大家。

常常想起當年和這兩個學生吃宵夜的日子……，直到現在，每當我在教育這條路上產生懷疑和沮喪時，就會被這段記憶給喚醒，再度回到當年那段熱情投入教育的記憶，於是，就來了力量。

26 專案研究計畫主持人

寫研究計畫，對我來說，並不是很難的事情，只要主題具有價值性和可行性，再輔以邏輯的內容鋪陳，大概就可以很快完成一份研究計畫。不論是申請嚴謹的學術研究計畫，或者實務的產業研究調查計畫，又或者是行銷活動的企劃，大概都是在類似的思考邏輯和撰寫架構下完成。也因為參與的團隊不同，有時擔任計畫總主持人，負責工作與預算的分配，掌握進度，期中期末的提報備詢，也會參加主辦方所舉辦的開幕式或最終表揚之類的活動。記得曾經接了一家電視集團的研究案，近二十個團體申請通過，大排場的研究案開幕式，把所有計畫主持人都找來共襄盛舉。有時我則是擔任協同主持人，也就是從專案研究裡面切出一個小研究案來執行，最後把報告繳交給計畫總主持人去彙整，這比較輕鬆，但經費的運用彈性較小。

後來，我也指導學生去申請專案研究計畫，指導他們獨力完成一個研究案，師生的討論和彼此學習，往往讓自己在專業領域的視野變得寬廣，也增加了我堅持投入教育事業的情感厚度。不只是學術指導，也在研究案執行的過程中，讓學生知道做學問的態度與價值。

不過，我也在學生身上得到自我的反思。曾經有一位我指導的學部生，在研究案即將結案的時候來找我，讓我看一下要上繳的結案報告和研究論文全文，這都沒有問題；僅剩的一個問題竟然是：預算沒有核銷完畢。我相信對大部分的教師研究者而言，這基本上是不會發生的事，總是會在期限內想辦法「花完」所有研究預算，而且每筆都符合核銷規定。我問這位學生：「怎麼會這樣？這要怎麼辦？」學生很平靜地回答：「老師，我真的用不完，所以就想說把它退回去呀！」我告訴她可以做些什麼，然後再買些什麼（當然都是研究所需，符合核銷原則）。隔兩天她來了，說要上傳所有的結案資料，我問她：「買了什麼東西？」她說：「都沒有，因為研究已經做完了，不需要什麼東西了！」純樸的學生，我被感動，然後自覺羞愧。她，是我生命中的老師！

我曾經有一個政府部門的研究計畫案，被計畫總主持人指派出席提案報告、期中報告、期末成果報告。每次我都為了省下住宿費，決定在當天一大早出發，搭客運從台北直達南投的中興新村。我往往都在客運車上補眠，直到下高速公路，鄉村縣道兩旁開始出現田埂和農作物的景致時，我才從睡眼惺忪真正清醒過來。我總是訂早一個班次的客運車，也往往都會提早一個小時抵達。於是我有充裕的時間可以到處走逛，放鬆心情後再進局處的會議室報告。因為這樣的時間規劃，我才能和中興新村有了晨光下的邂逅。

這裡是當年省政府時期的公務員宿舍區，我年輕時看的文藝愛情片的場景……灰牆紅門綠紗窗，門邊柱上的可愛圓形小門鈴，放滿盆栽、綠意盎然的庭園，街區巷弄一整排高大的樹，寬闊的綠地草坪，閒散閒聊閒逛的住民。感覺上是來到一個時間靜止的世外桃源，幽靜，緩慢，加上斜射灑落的晨光，涼風微襲，完全是個與世無爭的世界。只不過偶見閒置的房舍，有的年久失修，甚至荒廢，讓人覺得有點可惜。

27 入學考試的面試官

在以前的年代，考大學和研究所，都是一試定江山，完全靠筆試成績比高下。想進大學，主要就是參加大學聯考，或者幾個夜間部或二專三專等的入學考試，要進研究所，就非得考些專業科目加上英文，這些筆試大概就決定你是否能在教育學習更上層樓了。這十幾年來，在各種考試大都加入了面試（口試）項目，作為選考錄取的參考。我因為是大學專任教師的緣故，當然免不了要經常面試考生；而這些年面對前後加總超過一千名來參加口試的學生，也經歷了上沖下洗的心情轉折。

你說……這錢好賺嗎？說真的，不好賺！非僅因為必須承受很大壓力（在非常短的時間裡必須挑出最適合的優秀學生），尤其大學部的入學考試，負責審查甄選的老師所要面對的高中應考生，幾乎可以用「魚貫而入」來形容，兩天要面試近兩百人，這的確需要很大的耐性、體力和專注力。不過，面對這些考生算是心情上比較輕鬆的，因為僧多粥少，大家搶著進大學，爭著表現自己，我們身為口試委員，任務就是挑人，挑優秀的人、挑適合的人；當然，等到放榜後，每位高中考生手中握有幾家通過的校系時，我們就是被挑選的時候了。所以，雖說在面試場合裡，我們總是在挑優秀適合的學生，其實也扮演著宣傳校系的任務，尤其遇到想大力爭取的優秀學生時。

這種「學系被考生挑選」的狀況，在研究所更為明顯。這些年各大學廣設研究所的結果，已經造成某些校系根本招生不足。所以，口試審查老師已經從以往「挑人選人」的角色，變成「被挑被選」的窘境了。有時候會發現老師講的還比來面試的考生多，是誰比較怕被無視呢？

就多年的口試經驗，短短幾分鐘，究竟審查老師要看什麼、聽什麼呢？大概就是分析能力、組織能力、應對能力和心理素質。這對高中應考生來說，有難度；對研究所應考生，也不盡然可以表現得淋漓盡致；倒是碩士在職專班的應考生，大風大浪見過不少，所以大都應對得宜，處之泰然，與口試老師算是大人的交談，像在找工作，你看我，我也在看你。

我過去所學的主要是在勞工心理領域，知道在面試判斷考生或求職者時，常會有一些很難避免的偏誤現象，所以會隨時提醒自己：別因刻板印象、第一印象、以偏概全、前後對比等影響對考生的評價，這也是擔任口試老師的壓力。

在過往大學入學推薦甄試的面試中，我遇過分析能力、組織能力、應對能力和心理素質都很高的學生，比較有印象的是在某次面試一位高中應考生，我提問了一個問題：「今天也有你同校的同學申請我們系，假設，一所高中我們只會錄取一個學生，你覺得我們會錄取你，還是另外一位？為什麼？」原本，我預期他會開始自我介紹他自己的優點，相較對方，自己多麼優秀，多麼厲害；結果他竟然說：「那就請貴系錄取他吧！」我以為他不是示弱，就是本來就比較弱，要不就他是一個暖心仁慈的人，直接把機會讓給另外一位同學，但那不是我們要的學生。我期待他能夠極力爭取、獲得合格錄取，而不是選擇放棄、拱手讓人，或者禮讓好友。「你不想考進我們系嗎？」結果他說：「想呀，我們倆都很想考進貴系；但我可以先把這個機會給他，我覺得我考指考（三個月後），也可以考進來，這樣我們倆就都可以進入貴系、繼續成為同學了！」我當場決定給他高分。

談到研究所入學考試，讓我想起當年我在日本考研究所的記憶。通過筆試後（七名通過，面試後最終將正取兩名），我去找我的指導教授，探詢要準備一些什麼。他只要我放輕鬆一點，不要緊張，最後叮嚀我說：「口試的時候，記得要帶手帕，然後放在上衣西裝口袋。」其實，當下不是很清楚指導教授的用意，只覺得日本人都會把很多事情講得很細罷了，直覺上我的指導教授，就是老派。沒想到，後來我在那個十個教授口試的會場裡，真的用上了。因為我緊張到一直流汗，有一位口試委員叫我先擦擦汗，於是我不用站起來就可以從西裝口袋裡輕鬆又快速地掏出手帕來擦汗。這時，我才懂了指導教授的用意。之後，我出門都會帶手帕，不敢想像、也不想發生沒帶手帕會遇到的窘境。我，於是，跟隨老派，直到現在。

我回到台灣教書的某一堂課，因應學生的報告，我為「帶不帶手帕」這件事做了一個小型的市場調查。我不敢期待有過半數的學生會帶手帕上學，但起碼可以找到幾個同夥。調查結果，一個五十人的班級，有帶手帕的學生……一個都沒有，一個都沒有，一個都沒有！隔年，同樣的課，不同的班級學生，我再問了一次，答案還是：一個都沒有。

番外篇三

因為每年一到考季，我就常被指派擔任面試審查老師，所以我應該算是身經百戰（其實考生應該比較像是上場作戰的戰士吧）。也因為累積很多經驗和心得，所以若是當年沒有擔任正式的面試審查老師，我就會去一些高中，輔導高三學生的書面備審資料的撰寫，以及面試技巧的要領（這有演講費、車馬費的報酬）；有時會幫好友的小孩進行一對一的模擬面試和解說，他們也大都推甄上心中所愛的志願校系。有一年，我自己的兒子升上高三，我竟然自告奮勇和他們導師聯絡，說我可以義務無償來幫他們班上五十幾位同學做一對一的模擬面試。我用了幾個傍晚夜間的時間，讓他們了解面試老師的關注視角在哪裡？要怎麼準備和表現？有些學生因為很少在大人前面說話，所以表現不好，我甚至還安排他們第二次模擬面試。這真是個大任務，雖然無償，但很開心這樣服務大家，看一群孩子們更有自信地參加入學推甄面試。

當年我兒子在第一階段學測成績和備審資料申請通過了五個校系，剩下面試一關，這時我竟然開始焦慮了。以前輔導別人家的孩子，都是竭盡心力協助，然後聽天由命（事實上也都獲得不錯的戰果）；但面對自己的孩子時，擔心有個什麼閃失或疏忽，也或許是想著：我一直在輔導高中應考生的面試，萬一連自己的孩子都無法通過面試這關，就很難堪……。所以，我和孩子都很用心準備，我也不斷提點面試的細節。孩子應該也感受到我的壓力，所以很積極投入準備工作，直到各校陸續放榜……還好，五個校系全部正取。

28 研究生的指導教授

雖然都是「做研究」，但指導學生做，和自己做，卻有很大差異。時間掌控的不確定性較高，進度也不受控，最後能不能按時提交也在未定之數。所以常聽人說「皇上不急，急死太監」，是真的。甚至我還曾經遇到說要趕著提交論文卻很會拖拉的研究生，無視我的三催四請，還製造失蹤，我跟學生說：「你是要我先登報來個尋人啟事嗎？還是乾脆登報作廢？」當然我知道學生是因為進度無法往前跨步，所以沒自信來教研室找我討論（怕被我唸）；因為我能理解，所以我也總是能釋懷指導過程中的種種焦慮與不快，就這樣，前前後後應該也指導超過四十位碩士班研究生了。

為了犒賞（補償）指導教授的辛勞付出，學校編列一筆研究生指導費，等研究生繳交論文、順利拿到學位後，指導教授就可以領到這筆款子了；不過，這是一筆要磨很久才能賺到的錢。一般而言，一位研究生的研究論文，大都需要經過一年到兩年的時間。從發想主題開始，找尋研究價值，光是到這個進度，我就可以讓學生死去活來三個月，脫一層皮；接著要求學生蒐集和閱讀文獻資料，提出研究假設，建立研究架構，決定研究方法，著手進行調查（訪問或問卷）；最後，將回收的訪問內容或問卷答案進行分析，再將結果整理出來，撰寫成論文。

當然，也有學生來探問是否可以半年、甚至三個月就可以完成論文的？這時，我會先看看他的急迫性，再評估他的可用時間（在職班學生還得兼顧工作），再搜尋可有供發表的研討會（須先提交期刊或研討會的公開發表小論文），也會告知我對學生研究論文的品質底線，最後我總會問一句：「應該沒法達到九十分程度，如果是低分通過，你可願意接受？」學生點頭後，我們就會攜手展開三個月的突擊猛攻。日日水深火熱，在所難免；時時找人盯人，也不稀奇。不過，也總會如期繳交論文，闖關口試，順利畢業。對於學生的研究論文，我都是目標導向，先把目標和任務角色說清楚，然後就是專案管理，最後總會達成。

除了研究生論文指導費外，我也有因為學生的優秀論文參加競賽而獲得指導老師獎座和獎金的。在指導過程中，如果我發現有些學生很積極投入、很細心周密，就會花更多心思來協助與指導；但最後有學生獲獎，其實是我與有榮焉，沾了學生的光。

在我指導學生的論文主題，超過一半都是有關「隱喻抽取技術」（ZMET，Zaltman Metaphor Elicitation Technique）的應用，他們將自己有興趣的領域，或者職場工作上的需要，藉由這個技術來抽取受訪者內心深層的想法和感覺。受訪者以說故事的方式描述自行帶來的每張圖片，不知不覺就將內心不太能表現出來的感覺做了表白，再由研究者分析敘事中的概念和重要連結，抽取出隱喻在圖像背後的重要訊息，得到受訪者擬似潛意識、不太會改變的價值觀。在十幾年前，系上老師引進這個研究法，帶了一個讀書會，我有幸接觸到這套技術，也和幾位學生展開了一連串的主題研究。

原本這個分析技術是用在品牌行銷和消費者行為分析上面的，但後來我則把重心放在「非行銷」的部分，於是主題觸及人力資源、組織願景、組織行為、活動企劃……等等各個領域，樂在其中，完全是斜槓基因作祟。後來我也將這套技術放入我的課程當中，分享給學生。我發現一學期十幾次課，學生特愛這一堂，如果還有時間讓學生分享，我就會請他們帶自己的心愛物來課堂上，說自己和心

29 博碩士學位口試委員

這是錢最好賺的工作，但仔細一想，也是錢最難賺的工作，完全取決於：學生的論文何時送來？論文本身的品質如何？如果是一本三天前能送到的論文，大致我會安排心情穩定的時間，找個安靜的處所，慢慢閱讀，慢慢欣賞，慢慢思索，這樣就可以寫出一堆意見，提供學生參考。耗時，但是因為有預留時間，我可以做到。另外，有些論文其實沒有什麼內容，甚至格式凌亂，連基本的形式都不完備，更遑論是論文內涵品質了。面對這樣的論文，基本上我總是快快閱讀，快快結束，不太思索，最後還是會給意見，尖酸刻薄，毫不留情。因為，既然你看不起或者看不懂自己，我就只好讓你懂什麼叫做學術，別隨便就喊說要提交論文拿學位，你要夠起碼的格。

有時學生對於論文一改再改（也往往是指導教授的要求），拖了時間，以致到口試前一天我都尚未收到論文口試本，於是就與指導老師協調，我在口試當天提前十五分鐘抵達會場，然後開始閱讀這本「熱騰騰」的口試本。十五分鐘，別以為我就是隨便看看，隨便給意見。往往我也是整本口試本密密麻麻的紅筆字，意見陳述也可以說是完成任務，不會白領這份酬勞。十五分鐘就賺兩千元，你以為很好賺嗎？是好賺，但那需要長年累積的功力，何況我學的又是「研究法」，台上一分鐘，台下十年功。

當然，有時還是會遇到差到不行的論文，我真的被逼到快吐血，還是要進論文口試場……暖心指導教授希望我幫個忙，出席擔任口試委員；我的條件就是「審查意見可能會不堪入耳喔！」在取得指導教授的首肯（容忍）後，我就會在口試場中讓學生感受學術殿堂的真諦與殘酷。記得有一次我實在忍無可忍，當著指導教授和另一位口試委員的面，劈頭就問了學生一句：「現在二選一，你是要我直接退你的論文？還是要被我凌虐後放你一馬？」

我指導的學生大都知道，我在學生提交的論文的第一頁口試委員簽名欄裡，如果簽得比較可閱讀的（可以馬上認出我的大名），表示我認可這樣的論文，甚至還與有榮焉；但如果我的簽名是需要詢問才知道是誰的「草書」，那就表示我是看在指導教授的面子上，睜一隻眼，閉一隻眼，勉為其難，勉強過關。

博碩士論文，其實就是學生展現在研究所的學習成果，以獨立研究的形式呈現自己的學術能力與研究能量。但，博士和碩士，設定的評量角度並不相同。前者較著重在整個研究過程與成果中，博士生是否已經懂得如何提出問題？如何發掘價值？如何口說有據？又能提出怎樣的獨特觀點？而碩士生則傾向於學術研究的應用，能將習得的研究邏輯，應用在所屬意的議題或個案的分析上即可。我的評點也大致以這樣的標準審定或給予意見。

所以，碩士研究論文的審定，沒有太多的煎熬，因為總是可以感受學生從事學術研究的投入過程與階段性的成果；比較煎熬的大都是在博士論文的審定上，因為已經觸及到學術研究在學習面的最高層級，總不能太過鬆散與無視學術的嚴謹性，但往往礙於人情壓力、敬老尊賢，或顧及聲望地位、修業期限等等因素，也就讓學術這條底線不斷往下挪移，我頂多也就是扮演提供意見的角色；至於學位授予的定奪，主要還是看最煎熬的指導教授的意向吧！

30 大專校務評鑑委員

我雖然曾經分別擔任過大學的學術單位和行政單位的主管，但對於整個學校的營運，需要了解和學習的地方還很多，實在不敢說有什麼能力和精闢的見解來對某個學校的經營說三道四，但我也藉由這樣的機會，去學習、去感受與自己學校不同的優勢與困境，藉以拓展自己在學校行政管理的視野。

可能因為是被邀請擔任的評鑑委員，所以酬勞不低，但事前要看的資料也很多，再從中找到一些可以提出建言的地方，還真得要用心加細心，才能夠提出精準、有實質意義、又具改善可能性的意見。而在整個評鑑過程中，其實我比較喜歡「一對一」的訪談，因為可以從教職員生身上聽到一些「真（心）話」。我發現大部分的老師職員學生，都希望學校更好，但有期待，也有失望，在一些他們給我的訊息裡面，我發現他們會把校務評鑑委員當作一個可以改善學校營運的好機會，希望能夠把他們最殷切期盼、也最實際最實在的意見寫進評鑑報告裡面，讓學校重視某些行政措施或福利。我發現這樣私下的晤談，雖然感受到很強的本位主義，但也感覺到這些發言的可愛之處，平日都不敢講，現在希望委員可以代為轉述表達，但最後他們都會拜託：「不要說是我說的。」——了解，因為我們單位也被評鑑過，我也被晤談過。

番外篇

去其他大學進行評鑑的少，反倒是經常被評鑑，一大堆文書作業，搞得大家只好弄些漂亮的數字（都是真實的數字，只是可以妝點得漂亮一些），往往兩年前就得開始籌畫準備，然後累積資料，整理資料，挑出好的壞的資料，各自想辦法呈現，覺得像一家公司的財務會計，在進行年度的「理帳」（不是做帳），最後進行如何節稅之類的思考與動作。

每次被評鑑，不管是行政單位或者學術單位，檢視都會像扒糞一樣，挖出一些我們本來就知道卻做了粉飾的缺點，或者提出一些我們沒有看到想到的問題，都可以感受到委員的專業、細心和用心。但是我也曾經遇過某個評鑑委員，在參觀教研室時，竟然把重點放在我教研室的風水好或不好，說我室內這樣擺設，沒辦法升官（主管），還告訴我要把書櫃和書桌怎麼擺比較有官運。我當場笑出來，說：「太棒了，我一點都不會想當主管呀！」然後，隔年很「不幸」的，我被校長拉去接了諮商中心主任，然後隔年，繼續很「不幸」的，再次被校長說服，去當了學務長。但教研室擺設，都沒動過。

31 大學諮商中心主任

卸下系主任職務幾年後的某一天，即將上任的新校長來了電話，當時我正在帶一個高中研習營隊，他要我接任一個職務，一級主管，要我考慮，隔天回覆他。我回家思索了一個晚上，總覺得那個職務主要在處理行政工作和交辦的任務，對我的個性來說，有點格格不入，所以我婉謝了校長的厚愛。沒想到校長說：「目前有其他兩個職務，還沒找人，你可以來幫忙嗎？」最後在兩個職務中，我又捨了一個一級主管的工作，直接接受了「諮商中心主任」的職務。是的，這是二級主管的兼任工作，主管加給只有一級主管的三分之一。但是，這是我比較願意投入的工作，不論是接觸、學習或貢獻；尤其這是一份與學生——尤其是特別需要關懷的學生——相關的工作，更讓我躍躍欲試。於是，我毫不猶豫地選擇了這個安排。

在諮商中心，同事都是非常專業的諮商師，沒有任何一張心理諮商證照的我，主要是負責行政與協調的工作，並不會從事諮商晤談。但我往往也會在第一線看到因為精神狀況而無助的學生，看到心急卻不願接受事實的家長；當我們在面對並想辦法協助學生的同時，還要面對驚慌失措、或者有些還對著子女發怒的家長。每當我們談及學生要不要「校外就醫」或「先辦休學在家休養」這些討論時，往往得花很大力氣跟家長溝通，並期待獲得他們的理解。精神上面的病症，原來這麼折磨自己，折磨家人。這也讓我在疼惜學生之餘，發現我們能做的竟然那麼有限，甚至無能為力，只能尋求校外的醫療管道。

番外篇

和心理諮商領域稍微有點關聯的接觸，應該就是我大學一年級開始接觸的精神分析學了，對於精神上較無法控制的現象，包括歇斯底里、夢境，我都很想探究其中的原因和隱藏的意義。記得當時的我，內向，孤僻，主動想了解這種人格形成的原因，並尋求脫困之道。所以像精神分析領域的大師佛洛伊德，或者像潛意識、夢的解析，甚至催眠，都成為我涉獵的範圍，甚至有時候自己都覺得走火入魔。原本想在大二轉到心理系，結果錯過了申請截止時間，但還是心繫心理學領域；直到念研究所時，即便是社會科學裡面的社會學組，但我還是傾向投入時間在勞工心理方面的專研。沒想到這些學習歷程，竟然在我多年以後得到一個應用的機會。當然，諮商領域非常專業，絕對不是我這門外漢可以輕易言說或掌握的；我主要職務是屬於行政工作，很多專業部分還是得倚賴同事的協助，只不過我還是要有一點概念，才能跟上他們的話題和個案解說。

我比較有印象的輔導體驗，應該是在我大學時期，在同班同學發生感情挫折時的陪伴（不能說是諮商），藉此累積了陪伴的心得。記得有一次好友受情感問題所困擾，加上期末考壓力，瞬間情緒發作，歇斯底里；我把她撐到陰涼處並在一旁陪伴，最後還背她到學姊住的宿舍休息，雖然讓我差點錯過考試時間，但也因此深刻感受到陪伴對病人的重要。

32 大學學務長

據說這是一個吃力不討好的工作，必須照顧學生的食衣住行育樂，培養學生的德智體群美……等等。學生的課業學習和成績，是教務處的任務。話是沒錯，開課、選課、上課、記缺課，是教務處的事情；但如果學生缺課，就會把追蹤與輔導的工作轉到學務處來了。所以，幾乎只要是有關學生的事情，上上下下，大大小小，從頭到尾，我們都得一一接辦。

在我擔任學務長期間，為了全面照顧到每個學生，竟然還提出一個願景口號：「學生，一個都不能少！」希望藉由各種管道提供訊息、資源和輔導，讓每個學生能在校園裡面獲得照顧並積極學習，不會因為課業表現不佳或者生活適應不良，而導致退學、休學或躲起來不上課。我們不放棄任何一個學生，也希望每一個進校園的學生都能順順利利畢業，一個都不能少。但因為這樣的業務量實在非常龐大，搞到後來大家開會時總是苦笑說：「職員，一個都跑不掉！」但其實大家嘴巴雖然這麼說，但還是竭盡所能，讓每個學生獲得最好的照顧。

非僅同仁熱心投入，我們學務團隊也培養一群熱血的學生去照顧新生，讓這些剛考上大學的新生初次接觸大學時，能夠獲得來自學長姊的關懷與愛，希望這種「愛的傳承」能讓每一屆新生感受到一種無私、無償、無關親疏的愛。記得當時我們的目標是：「在還沒認識你之前，我們就學會愛你了。」

如果你問我：學務長都在做些什麼？我發現最常做的有四件事情：

一，開會。包括去開會（校內校外）、召集開會，或者臨時起意站著也能開會。

二，簽公文。這個耗腦力、耗體力、耗時間，但卻是我每天都得面對的業務大宗。就連工讀金那種例行的簽報單——簽起來很機械式的公文，但我還是堅持自己簽，不讓祕書代為執行。倒不是不放心祕書錯簽，而是明明知道很反射動作的簽文，很無趣，那為什麼還讓年輕人來做呢？

三，串門子。這是重點工作，我會到校內其他部門走動，聯絡感情，讓日後的活動需要合作支援時，可以獲得及時的協助；我也經常到下屬單位去看看業務推展的狀況，看看有無能夠協調資源的地方，順便給第一線同仁打打氣；有時則是被長官叫去了解業務，不是長官一直交代事情或問話，就是我一直說明或報告。我，都在講話。

四，致詞。包括學生活動的開幕閉幕，學生比賽的頒獎，長官交代去代理出席的典禮，或者小型的出隊出團的授旗儀式，我都要上台講幾句話。本來很內向的我，幾年磨練下來，大致已經能夠隨時上場，而且不假思索就能講些激勵或感謝的開場收場致詞內容了。

番外篇

學務長沒有公關費可以運用，但主管加給還算可觀，只不過幾年下來，發現根本沒有存到錢，可說是在學校工作期間、薪水存最慢的幾年。學生辦活動，給補貼；學生活動有抽獎，加碼；部門同事聚餐，當然得第一個衝出去付帳；晚會摸彩，只能加碼再加碼；婚喪喜慶、佳節送禮，也都自掏腰包。沒有額外可供支出的經費，算是個原因。其實，我只是希望能完整表達自己的誠意，大家開心就好！有人曾經提起我和同事之間的關係時，說：「交朋友，不是用花錢來交的啦！」我也因為這些話有過自我懷疑，開始猶豫著是否繼續用我的方式？最後，我還是決定繼續做我想做的，總覺得花錢的方式，很自然，沒有什麼窒礙或掙扎。後來，我慢慢才發現，原來我的同事不是我的朋友，因為我一直都把他們當成我的家人，難怪，在他們身上花時間、花錢兩、花心思，我總是心甘情願，甘之若飴。

33 在校服務年資獎勵金

薪水不差，暑假不短，學生不壞，加上第一個十年接下了系主任，第二個十年又接觸了學務工作，算是說服了我這個愛玩的射手座，有一個正當且安心的理由可以繼續待在教育界。沒想到這麼一待，已經快邁向第三個十年了。

在學校服務，除了固定的月薪、年終獎金這些例行的收入外，還有以教師身分領的會議出席費，負責討論或審定一些校務內容，給點建議。但這些都是我有付出所得到的報酬；而在學校有一個「服務年資獎勵金」，任職每滿十年，就會得到學校贈予的獎勵金，算是額外收入。在全校教師會議還能上台接受表揚，獎勵金也會自動匯入帳戶，看似不需要特別努力，應該不能算入我「賺到錢」的工作才是；但，總是收入一筆。

過往，大家總是認為：只要堅持「我就是不走」，就可以一直擔任大學教職，十年，二十年，三十年，然後下台一鞠躬，後台領退休金。但現在的教育情勢不是這樣，不是的理由，是學校競爭壓力大，校務營運必須改變以因應少子化所帶來的衝擊，以致需要老師配合和努力的措施和規定變多了；學生的學習態度也有了很大的變化，教師很難一招半式走遍天下，甚至還得唱作俱佳以迎合學生的喜好。先不談教師的高貴和尊嚴，在逐漸往服務業傾斜的教育環境下，大學教師必須在教育與交易的拉鋸中找平衡點。累了，就退出；能撐，就撐到可以領退休金的年資再退。

好歹，我也經歷了兩次上台受獎，也領到了「在校服務年資獎勵金」；但每次領，都不知道是否還可以撐到領下一次？堅持教育的夢想，卻總在理想與現實間不斷擺盪，並自問自答，矛盾，懷疑，試探，挫敗，療傷，重新站起，堅持……。尤其最近幾年，往往在執著與棄守之間，不斷掙扎，特別是對於嚮往斜槓的我來說，其實這本來就不是一件容易說服自己的事。

於是，搖搖擺擺，也走過來了。就在我剛滿二十五年年資、總算可以領到退休金時，我遙望任職滿三十年的年資獎勵金，心裡想著：要再拿一次嗎？

我想，這份在大學教書的正職工作，最後會賺到的錢，應該就是「退休金」了。最近幾年，看著年長的同事相繼自主辦理提早退休（不是優退），讓我有很多感觸。尤其看到長年奉獻以致積勞成疾的同事，更讓我覺得不忍。究竟值不值得這樣？我覺得是見仁見智的問題，這在各行各業都有類似的糾結矛盾。每個員工從年輕開始就奉獻職場，嘗盡各種酸甜苦辣、人間冷暖，常有歡笑，也偶有淚水；即便是笑中有淚，或者在落淚中強顏歡笑，都是走著，跑著，跳著，最後撐著，撐到最後如願把退休金領了，之後就沒有瓜葛，可能也互不往來。

正因為體會了「身體健康和生命價值都比財富累積重要」的意義，我開始學習放下無意義的堅持，學習放鬆自己的身心，學習放膽做出疼愛自己的決定，也試著放回自己；而在內心，我清楚知道，我唯一沒有放棄的就是教育這條路，總覺得在學生面前，我還是要找到自己存在的價值，為此，兢兢業業，堅持理想，持續追夢，即便已經接近耳順之年。

返國工作——兼職斜槓

大學老師勇闖實務界討口飯吃，邊吃邊學邊懂人情世故，順勢走上媒體的前台。

34 大學校長

我從日本留學回來後就在大學任教，經常接觸年輕學子，慢慢能夠掌握他們的心情、心聲和生活習性；而我在所學的本科之外，也因緣際會接觸了數位網路這個領域。所以，有將近五年的時間，我從接觸、接近、接上了新世代對數位網路的依戀感覺，於是有了一些關於數位網路社群主題的邀訪，在網路（當年的留言板和部落格）上面也有一些自己的發言貼文，順便還接了一些網路相關的專案服務。

二〇〇〇年年初，正值網路應用來到世界性的熱潮期，我的一位摯友創立一家網路公司，主要在經營創意平台，募集新世代創意人才和創意內容。他認為我比較可以掌握年輕世代的思維模式和網路使用習性，也對網路世界和社群經營有點經驗，所以來找我承接（承擔）一些任務。我被他說服，因為我也想讓年輕創意人有一個可以施展才能的舞台。

於是，我接下了「創意大學校長」的工作。公司經營團隊讓我帶領四位導師，分別指導攝影、音樂、文學、漫畫的創意區塊。除了網站設計是外包之外，站內的組織結構、招生策略、行銷方向、獲利模式等，我都要在摸索中學習並快速成長。但也因為公司是在草創初期，所以很多勞務工作也都是老闆自己來，我當然也跟著打雜，應該就是所謂的「校長兼撞鐘」吧。

因為創意大學邀請了四位具有豐富實務經驗的導師，我也就常要面對創意人的性格和他們對理想的堅持，以致我必須擔任專業導師和經營層之間的溝通協調人，這過程讓我了解到創意人和公司經營的觀念和角度，非常不同。

唯一有小小的緊張是在一場大型的招募說明會，公司希望能有個正式的發表會，將創意大學網站宣傳給新世代創意人，所以租下了五星級飯店的歐式自助餐區，並安排我上去作專題演講。當天約有兩、三百名年輕世代的創意人參加，人數不少，以致我在演講剛開始的時候還因過度緊張，說話有點顫抖打結。

整個網站的營運初期，也遇到擬似競爭對手的質疑和批判，身為校長的我，當然也要負責回應網路留言，並尋求合作結盟。也因為有這麼一段近身搏鬥的筆戰歷練，所以也在我身上培養出網站小編的特質和能力。

校長當了一年，隨著二〇〇〇年年底開始的網路泡沫化，公司在隔年就決定收掉這個大學了，我理所當然被辭退，當然也就沒有收到續聘函和薪水了。

這所「創意大學」的理念在培育本土創作者，希望在網路上構築一個舞台，讓創意人揮灑創意，並透過內容彙集和專業指導，結合網路特性，成為傳播（上傳下載）的分享交流平台。記得公司尚在籌備期時，幾個原始股東聚在一棟平房公寓裡面，昏黃的燈光下（裝潢還未完成），這些任職數位科技產業的股東，對願景和中長期目標充分討論，也激烈辯論。

一家草創的網路公司，開創的事業其實很像現在YouTube和線上導師的綜合型創作園地，原本很有機會，但也因為走得太快，礙於網路頻寬的問題而陷於困境。記得當時連要開啟「創意大學」網站的首頁，完整呈現出來竟然超過一分鐘（頁面是一塊一塊出現），是目前5G時代很難想像的龜速現象。也因為頻寬問題無法解決（當時頻寬的制定與釋放，都取決於超級企業手中），以致整個計畫無法順利展開，獲利模式也在摸索、假設，卻來不及驗證。

這家公司在一年後燒掉大筆現金，轉型集中經營書籍（含電子書）出版，以「隨需出版」（BOD，Book on Demand）模式，繼續幫助本土新興作家，能夠以少量印製的方式，出版自己的創作，圓他們的出版夢，並進入出版市場，獲得被讀者垂愛的機會。據說現在這家公司旗下已經擁有非常多本土作家，每年出版的書種數量為全台第一。這讓我很感動，也因為曾經參與過而感到與有榮焉。

35 企業行銷顧問

我在念研究所時，主要的學習是在勞工意識和心理方面，加上從大學以來就對心理學情有獨鍾，喜歡閱讀一些心理學方面的書籍和資料，返國在大學教書，也以企業組織內的勞工心理和人力資源管理為主。因為開始接觸企業經營的議題，同時思索解決企業所面臨的業績困境，於是開啟了我在行銷領域的涉獵，特別是聚焦在消費者行為與心理方面；加上當時網路行銷管理的觀念和技巧受到重視，正好都是我滿想、後來也花了不少工夫投入的領域。

幾年下來，我吸收了行銷與網路社群管理方面的理論觀念，並藉由與業界的接觸，開拓了企業經營策略的視野，也對行銷實戰技巧逐漸累積心得。有幾年我甚至在學校開設網路行銷、數位行銷的課程，和學生討論行銷策略和消費者心理等等主題。

你要問我：「連學術領域也在斜槓嗎？」我其實不清楚「學術」的定義，反而對實務應用比較有興趣，說得更準確一點，就是對「如何幫公司賺錢」有興趣。所以我曾以行銷顧問的形式，參與了企業的行銷工作。後來有些好友或畢業的學生喜歡找我談「怎麼賺錢」，同時我也成為媒合的連結點，幫著大家串起很多商務的合作會談。在那幾年參與企業行銷工作的期間，我也接觸市場調查和媒體公關，而藉由出版行銷的業務執行，我甚至接觸了文化經紀的業務。所以，越來越斜槓，越來越不務正業。

你可能又要問我：「當行銷顧問可以領到多少錢？」當然我不會告訴你，但我絕對都有報稅。

番外篇一

提到行銷顧問酬勞的問題，讓我想起一個印象深刻的心理糾葛。記得當年卸下大學系主任職務的那段期間，一位好友看我「無所事事」，於是找我去幫他的公司執行一些行銷專案計畫。因為是好友，我也不想收任何酬勞，但我開出幾個條件，公司老闆接受了，我就上場。一，我每週只上班一天半（因為我還是要顧及我的專職工作……大學教師要上課）；二，我要一〇：〇〇上班，一六：三〇下班（因為我不想進出內湖科學園區都在塞車）；三，給我一個行銷專案團隊（其實是老闆主動暗示會編一組團隊讓我帶）。

說不拿酬勞，是真的。而且每次開車往返內湖和木柵，油錢加上一整天的停車費，我都自己負擔。你一定覺得我沒多久就開始心理不平衡吧!?不，我因為有一個專案團隊進行一些行銷策略上的假設驗證，其實「玩」得滿開心的，完全沒有多去想酬勞這件事，也樂此不疲。但在我這樣開心度過八個月後，某天老闆叫會計部門按月給我車馬費，說是要補貼我的油錢和停車費，於是我開始領每個月三千六百元的車馬費，都領現金。

然後，意想不到的事情發生了！我竟然在拿到現鈔的同時，下意識地去盤算加總我一個月在這家公司的上班時數，大概三十幾個小時，然後用我在學校教書的鐘點費去換算，大概接近三萬元，顯然和手中拿到的三千六百元不成比例。雖然跟自己說，不要這樣想，我去幫忙，是因為我喜歡這個工作和這個團隊，不是為了賺錢。我明明知道，也學過「認知評價理論」的勞工心理機制（薪資會反噬原本對工作本身的熱情），但卻無法消除心裡的那個結，所以在兩個月後就脫離行銷戰線，完整回歸校園。

我大學時期，上過一門我很喜歡的課「社會心理學」，一方面是因為我喜歡這個領域的內容，另一方面也因為喜歡老師的授課方式。我很喜歡研讀和這門課相關的資料，但有時候也會偏離主軸，找到一些我也很喜歡但不同領域的文獻。我去跟這位任課老師請教：「我找到的這些資料是不是屬於社會心理學的領域？」結果老師跟我說：學術和學問，雖然一般都會有領域的分類，像社會學、心理學，然後又切出一塊社會心理學，這是為了方便學術和學問的討論不致偏離主題；但你想學習的東西，其實不應該被分類，也不要被分類，或被框架。你喜歡什麼東西，就去找，就去看，就去做，就去思考，先不要問說這是不是你喜歡的「某個領域」。最終學到的東西，就代表你這個人，以及你所想要知道的學問，即便它還沒被定義和放入某個領域，但「so what!」老師這樣的觀點一直影響到我念研究所碩博班，甚至到現在。我很感謝老師給我這麼重要的做學問的提點，或者應該說是過人生、過生活的提點。即便到現在，我還清楚記得當年老師說「so what!」的語調和神情。

36 企業人力招募／離職面試官

因為我在研究所主要專攻在勞工意識與心理，企業經營管理當然也成為必須研修的領域。回到台灣教書後，開設「人力資源管理」課程，偶爾也到業界幫忙人力的招募徵選。正因為比較能夠同時掌握企業經營者和求職者雙方的想法和心理，故有機會貢獻微薄之力，讓企業端和勞工端在勞務上的合作，有一個好的開始，將來也好聚好散。

看履歷表，往往是面試前必須做的事情，但從履歷表的格式和內容，大致就能掌握求職者的資格、能力，還有企圖心有多強、是否夠細心。所以，總有一大半的求職者根本進不到面試會場，直接被淘汰。面試，我的任務當然不會是負責企業經營專業上的提問，我主要還是在協助業主判斷：是否有選考未盡考量的瑕疵？是否在回應時有違反僱用相關法規上的規定？當然我也會從勞工心理的角度，向業主反映求職者可能的期待和意願。

我曾經幫一家草創初期的公司面試求職者，這家公司是在一個公寓的樓上，記得當時，我和老闆正準備面試要問的問題，樓下大門的門鈴響了，打開對講機影像螢幕，發現是一位年輕姑娘。我們把門開了，等她上來，卻從螢幕上發現她竟然站在門口不動，像在思考什麼，然後又退出去看看這棟公寓，最後她竟然默默離開了。門還開著，人走了。我對老闆說：「要去追她，叫她上來面試嗎？」老闆與我面面相覷，突然兩個人就大笑出來。對，她被嚇跑了！這家草創的公司，當年真的是委身在很不起眼的公寓裡面，沒想到已經挺過二十個年頭，現在養了六十名員工。我偶爾跟老闆提起這段往事，我們仍是會心一笑。

比起招募，離職的面談比較困難，而且煎熬，因為要顧及業主的期待，提醒勞動相關法規上的規定；另外還得考量被解僱的員工的身心狀況。當然，最終是要讓一場面談順利完成。「賓主盡歡」當然太難，目標就只能放在「聘僱雙方不要不歡而散」，就算功德圓滿了。所以，引導即將被解僱的員工朝向「更能期待的工作與生活」去思考，這是面談的一個重點。其他像是權利義務，大致都有勞動相關法規的規定，會由公司的人力資源管理部門來做說明。基本上，中型以上的公司都不會有勞動法務的問題，但有些小型微型企業，在處理離職問題時就有很多需要提點的地方，以免犯錯，引發日後的糾紛。

我因為是受業主的請託進行離職面談的協助，所以當然是站在業主的立場思考；但往往在了解被解僱員工的生活條件、身心狀況或職場經驗後，也會起憐憫之心，那便成為我當下的煎熬。

番外篇

協助企業進行求職者的面試工作，讓我想起大學畢業服完兵役後的求職歷程。記得當時原本最想去的公司，是一家介紹日本社會文化的雜誌社，他們徵翻譯編輯，我覺得自己文筆不是太差，又有編輯經驗，日文也算有點程度，所以投了履歷。簡單十分鐘的面試後，立即進行筆試，將六頁的日文翻譯成中文。記得當時翻譯的是某一期日文雜誌刊載的一篇關於旅日棒球名將呂明賜選手的撰述文章（他最意氣風發的那一年）。只是後來通知沒錄取，也沒有第二次面試。

另外，我仗著有點文案能力，也去一家廣告公司應徵創意文案的工作，結果沒有美工能力也是不行。我甚至還去一家大型家電公司應徵人力資源管理部門職員，不知道是因為我跑錯時間場次，還是真的這家公司的人力資源管理系統都已經完全上線，筆試考題竟然都是系統程式的觀念，我當場放棄，離開會場，連面試的機會都沒有。三十年前的人力資源管理就要這麼高端的系統嗎？這也是我一直沒解開的謎。

37 生涯規劃講座講師

因緣際會在大學的學務部門擔任主管，前後六年的時間都在輔佐校長，全力推展學生各項輔導的業務，生活輔導、學習輔導、課外活動輔導、心理輔導、生涯規劃輔導。尤其在校長大力支持下，特別針對大一新生給予更多關懷，訂定很多關懷機制，也辦理活動或研習營隊，協助新生適應校園生活並獲得正確學習觀念，非常符合我對大學的期待與願景。

也因為長期接觸年輕學子，累積一點心得，有些學校的學務或訓輔單位會找我去做分享，主題大概都是在告訴學生關於生涯發展、校園適應、溝通技巧等的經驗或提點，我也會依照學生的屬性，進行客製化的教材製作，希望他們都能從分享中多去思考一些事情，甚至讓自己的生活和生命有一些改變，同時產生追夢的動力。

每次分享都會簽領「演講費」，我也大都在當下就直接轉給那個單位作為學生的助學金，或者給來聽的班級當班費。我總覺得給學生一些心靈上的指引，是我的天職，不該收任何酬勞；但因為我也知道教育單位既然已經編列了演講項目的預算，會有核銷的壓力，所以我還是都照單簽領後再轉給學生。

對我而言，賺錢會很感念，用錢卻沒啥概念，存錢則是在意念之外。

番外篇一

二十幾年前，我在擔任系主任的時候，曾經在大一規劃開設了一個「生涯規劃管理」課程，邀請當時求職徵才產業大咖高手來擔任講師，將大學生應有的生涯規劃視野和實踐方法，透過一整學期的課程傳授給大學新鮮人，讓他們能夠早日規劃自己的未來。課程中會讓學生去探索自我，同時透過測驗找到自己的核心能力，最後結合經濟產業的發展趨勢，規劃自己在校園的學習進程。後來這個課程在課程委員會被上級發現、盯上了，認為這不是一門校系的專業課程，不會被教育部認可，於是直接把那門課砍掉了，害我還得跟好不容易邀請來的職業媒合公司老闆說明和致歉。可能大學科系的課程設置，都必須是屬於科系的專業，而在配套的輔導課程尚未規劃的情況下，大學新鮮人面對嶄新的生活，往往找不到目標。我的想法與期待被打臉，很挫折，那個想法也就石沉大海。沒想到當年被教育督導單位和上級所看輕的一門課，教育部現在反而在檢討是否應該將其納入各校的重要課程規劃裡面。當我知道這樣的訊息時，其實是哭笑不得。

番外篇二

因為在大學任教時遇過不少學生有生涯選擇的困擾，甚至連選擇的力道和熱情都很薄弱，終至畢業前交不出一份讓自己可以安心的實質畢業證書。我在系上換新辦公處所時，分配到一間最小的教研室，不過卻有一面落地窗，還有落地窗外的小庭院。於是我規劃出一個適合與學生晤談的空間，加上能夠抒發心情的昏黃立燈，我充當咖啡館的服務生，讓打開話匣子的咖啡先跳上咖啡桌，接著，聽學生緩緩談述他的生活，他的學習，他的交友，他的生涯規劃，我慢慢聽，也思考著怎麼給他「意見」。其實，我不太給意見，大都舉一些我自己或曾經接觸的友人或學生的例子，供來晤談的學生參考。如果他還想多聽一點我的建議，我才會主動談談我的理念和作法。這個空間，在最早期叫做「咖啡約會」，學生稱我「咖啡屋主」；後來兼了學校的行政工作（諮商中心主任和學務長），無暇回「咖啡約會」開店接客，休館了幾年；直到卸下行政工作後，我重新開店，取名「杰哥咖啡」（因為杰哥是學生對我的暱稱）。

其實，很多友人都知道我有一個夢想，就是「當廟公」，當然我知道要蓋一座廟，很難；我的夢想只是想劃出一個空間，騰出一段時間，來跟大家聊天說地談心情，協助大家舒緩生活的壓力，之後可以正向積極、開心過日子。多年來，「杰哥咖啡」成為畢業生和在校生常來報到的地方，甚至會有女學生把男朋友帶來讓我「鑑識」一番後，要我給她一些忠告建議。其實，我沒有那麼神，往往只是投她心裡的一票，增加她在感情世界裡下判斷的信心罷了。

不過，「杰哥咖啡」的訪客，也不盡然是來晤談的學生，也有很多同事和好友會來蹭咖啡喝，敘舊和談八卦；甚至我在有空檔時，還會提供現磨現煮咖啡的外送服務。而交談的內容，也不是只有生涯、感情、學習、人際或生活上的困境，後來有些學生好友也會來談些生意或人才的媒合，創業開公司的，開店設攤的，求職的，找員工的，開發新產品的，找業務市場的，當老闆做生意的，從二十萬起家的小攤子，到幾個億的商業豪賭，都曾在「杰哥咖啡」的那張桌子前面談開。訪客有時會談得笑容燦爛，人生充滿無比希望；有時則是滿臉愁苦，甚至淚灑桌前。不論如何，「杰哥咖啡」就是一個可以談生活、談心情、談夢想的地方，桌上的咖啡，桌前的笑聲和淚水，還有被抽完的面紙，絕對是很多人難忘的回憶。

38 廣播電台通告來賓

我一直就對錄音室裡面那整套混音控台很感興趣，還有高級專業的麥克風、耳麥，都是吸引我的設備。看著主持人推上拉下幾個推鈕，就覺得很帥氣。直到進入大學教書，有比較多的機會接觸傳播相關知識和實務，慢慢也對這些設備有點概念，但因為不是本科出身，對器材設備沒有研究，主持技巧當然也毫無功力可言，所以根本碰不到那些很酷的設備，只有在參訪電台的短暫導覽裡，能偷瞄一下主持人坐在控制台前的帥帥身影，一直遺憾沒有機會可以正式坐在控制台上近距離看著主持人操控這些設備。

我因為對數位網路有興趣，所以在返國任教後，便一直對相關議題有所關注，後來也在研究所和大學部都開設了數位網路行銷的課程。慢慢地，累積了一些數位網路發展的知識與資訊、對網路社群經營有點心得，特別是面對當時社群核心的年輕世代，大致能夠掌握他們的網路語言和使用習性。所以，我得到一些可以在媒體上分享的機會，而起初大都是在廣播電台當節目來賓。談述的內容主要是年輕人的網路行為，還有他們的價值觀，同時也會提及大眾在數位網路時代需要慢慢建立的觀念。甚至有一個電台節目，專門針對海峽對岸的民眾廣播（短波），只不過談的都不是政治，而是當時對岸尚未起步發展的數位網路主題。

因為接觸廣播電台，才發現很多節目其實都是外包給兼職的主持人，而非電台內部的職員，所以每次都要在一段固定時間裡完成錄音，有時錄音室排得很滿，也會錄得很趕，不能有太多暫停或重錄，壓力頗大。而酬勞方面，就要看該節目是否有專案補助或擁有較多的預算，否則就是友情贊助出演；就算有編列受訪（車馬）費，往往也非常少，無法和電視台節目的通告費相比，不過倒還能支付搭個計程車往返的車資。因為我不喜歡露臉，廣播電台的錄音會讓我比較自在，沒有壓力，所以我很喜歡廣播電台節目的邀約，也樂此不疲。

後來因為我出版了書籍，幾位熟識的好友特別安排我上廣播電台或Podcast平台的節目，宣傳新書。有現場的直播和錄音的，也有市話手機直播和錄音的，都有不同的收錄音效果。如果你問我最喜歡哪一種形式，我會說是「到現場錄音」，因為可以看到主持人，能和主持人透過眼神保持默契，又沒有直播的壓力（講不好，錄不好，都可以重來；不過截至目前為止，倒是從來沒有重錄過）。

去了多家電台，上了好幾個節目，最終我還是沒有直接碰觸那個酷酷的控制台設備，不過，還是很滿足（其實我是怕不小心搞壞那套昂貴的設備）。

番外篇

讓我可以順利上廣播電台做新書宣傳的，有熱情的學生，有照顧我的前輩，有話不多說就是要幫忙的好友，也有好友轉介的好心人。每個主持人DJ，都字正腔圓，聲音也具有親和力。尤其在一場一場電台節目的錄音後，我更發現主持人的功力，比我原本想像的還厲害，可以談笑風生，也能鎮定穩重地掌握時間和訪談內容，順利把錄音完成；有幾次直播，我都是邊冒汗邊回應主持人的提問，卻發現主持人神情一派輕鬆，在中段休息時間裡，還會提醒我再放輕鬆點，慢慢講，不用急。

有一次是經由好友牽線，上一個電台節目（錄音）。那其實是我熟悉的節目，是我們家每天早上起床就會聽、一直聽到出門，甚至在車上繼續聽的節目（會播報路況）。我和太太都迷戀主持人的聲音，那甚至成為太太的起床鬧鐘，以致在很早之前，我們就已經被圈粉了。沒想到，我竟然得到要去上她節目的機會，因為太興奮，完全忘了我原本是要去宣傳新書這件事了。

不過，我每次上電台節目，都自許能夠帶給聽眾，也帶給主持人一些他們沒有想過的觀點，或是疏忽遺漏的重要資訊，希望除了依照流程錄製節目之外，也能提供深度思考的貢獻。

39 市場調查統計分析接案

因為「研究方法」（調查法）是我多年來長期接觸、學習，也是我很感興趣的領域，所以非僅在大學開設這門課，也會接企業委託的市場調查專案。面對企業的發包，大致我在接案前要先了解的重點是：

一，企業想要消費者什麼資料？……關於這部分，業主往往是天馬行空，我必須從中找到重要線索，並設定調查的價值，也就是最終能引導公司賺到錢的價值。

二，消費者的屬性特質是什麼？……這會影響到問卷題目的設計和發放問卷的管道與方式。

三，消費者答卷的形式為何？……是電郵寄送？是網路發放？還是街頭訪問？這會影響到我設定問卷的題數和時間成本。

四，消費者答卷時間和題數的限定為何？……業者都很貪心，題數想要很多，當然這也讓調查成本提高，往往都是我要回頭跟業者刪減題目。

五，調查統計分析程度為何？……單純計算次數，平均數，還是要有一些相關性的分析？這些我都要用比較白話的方式來溝通，或者直接請業者說出他們想要知道什麼結果即可。

六，書面報告的完成複雜度？……是簡易或完整？是否有中間或最終口頭報告？

七，報酬是多少？……依照上述企業各種不同需求，反映在專案包工的酬勞裡，再依交情談折扣。

當然，許多時候是企業直接給一個價錢，然後大方向說明想要得到什麼分析資料，讓我先提一個調查計畫去討論。開始接案執行後，往往業者會增加這個、不要那個，意見特別多，所以後來我都會先搞清楚業主的需求，談好大致上的內容，再次確認，才開始執行專案。對，我不要做白工。

我喜歡數學，但大學上統計課，對上課使用的原文書理解較慢，以致剛開始有點抓不到重點，也跟不上進度。兩個禮拜過去，覺得很難説服數學底子其實不差的我。於是我進圖書館，找了一張沒有人在使用的大桌子，把書架上面所有關於「統計學」的中文書，全部搬下來，攤擺在桌上，然後從跟不上進度的章節，一冊一冊閱讀、一章一章整理，最後終於懂老師上課講的統計原理和公式邏輯。也因為這番閱讀與整理，我最後竟然把上課的每一個章節的「中文」筆記做出來了，非僅提供同學期中、期末考的考前參考，沒想到也成為學長姊在考研究所的統計學時，會來借去影印的參考資料。我不是一個喜歡做完整筆記的人，那份統計學筆記就成為我大學時期唯一用心製作並保留下來的一件寶物。

我在大學任教，從不會要求、也不鼓勵學生一定要把我上課講的內容做成筆記，我反而希望他們在上課時，頂多只要記下重點，課後自己去找資料好好整理屬於自己的筆記；上課專心聽，用心想。如果真想寫點東西下來，那應該就是：一，等等要問老師的問題；二，回家要再多想一下的問題。

當年我在大學時學統計，老師在課堂上主要都在推導公式，還有簡述一些在民意調查中的觀念與應用，直到我畢業後才有統計的電腦應用課程。我後來取得任課老師的同意，回系上旁聽那門課。那是一門學習怎麼寫統計分析程式的課，所以學得很辛苦；但也因為知道這些程式和統計概念、分析目的之間的關係，所以後來在寫博士論文時，雖然已經有視窗版的統計分析軟體，但我會依照自己的意圖，自行修改程式來符合自己的需要。

現在的學生幸福多了，只要從功能列往下拉，就可以拉出一串統計分析方法，然後從中選一個自己想要使用的，接著依照指示一步一步鍵入，最後執行，就可以跑出報表。不像當年寫程式的年代，往往一個符號或文字錯誤，或者只是寫錯行列，分析系統沒辦法動，只會告訴你Error，也不會告訴你錯在哪裡。記得當時我們上機上課時，有時候卡住了，老師就會把程式頁打開，然後大家就跟著老師一起在找錯誤。感覺上我們當年寫程式跑統計分析，實在是件很老土的事情；現在的統計分析軟體可是真的很威。

不過我在上課談到統計分析方法時，總是跟學生講：以後更威，因為你只要把問題說清楚了，前面的機器人就會去抓資料庫裡面的資料，然後直接幫你分析好，最後用你能夠理解的方式告訴你答案，重點是你可以不用寫程式，也不用操作軟體，只要開口把自己想要的東西說明白就可以了。

番外篇三

我在大學教書，統計分析的章節會出現在我所教授的「研究法」課程中，學生有些統計學的問題，偶爾也會找我私下討論。面對學生來提問，我的原則很簡單，就是：我不會幫你做作業或完成報告，我只會讓你懂一些統計概念，作業報告是你的任課老師要你自己親自去做、去嘗試、去苦惱、去發掘、去修正的功課。那個過程，我覺得學生要親身經歷。不過也有來請求救火的，大致我都會幫忙，尤其有時候只是一點小卡關。

話雖如此，我曾經在學校遇過一名不認識的外系研究生，他在學生研究室執行統計分析時，怎樣都沒辦法依照他所期待的方式正確執行，一直顯示錯誤；

最後他竟然拿著他的筆電到一排教研室來求救，而我剛好在教研室。在了解他的問題後，試了幾個方式，即時幫他解決了問題，然後，他就轉身離開了，沒有道謝；感覺上就是……「老師來告訴他解決方法」是一件理所當然、天經地義的事情。雖然我不是很在乎是否要得到感謝，但覺得這是基本禮貌的問題。後來我們還在樓梯間遇到，兩人對看，那眼神告訴我……他，竟然已經忘記我了，前後也不過一、兩個星期；是否得到感謝另說，但我覺得受人幫助、尤其在緊急時被人協助解圍，起碼應該把對方記住。

這件事一直讓我耿耿於懷，也覺得很受傷，受傷的不是我的心，而是我感到現代教育下的年輕人怎會是用這樣的態度來待人處事，這才讓我受傷。還是我太守舊老派了!?

40 出版品競賽評審

我在出版業只待過一年，對出版產業和出版流程業務其實還不是非常熟悉，就離職出國念書了。除了書籍出版外，對於報紙、雜誌、電視、廣播、電影等媒體的經營，我其實也沒有太多接觸，對於這些媒體所產製的內容，也沒資格或立場做出評價。但因為在「以傳播為發展主軸」的大學裡頭教書，耳濡目染，加上當了系主任之後，對於學校整體和系務的發展，我必須花時間和心思去了解媒體經營和內容產製，幾年下來，也多少有了一些屬於自己的理念與觀點。

於是，後來也接到一些創作內容的審查任務，有國家級的年度優秀出版作品評選，有產業內聯合企劃的企業廣告競賽，也有媒體委託的內部節目評比審查。因為都需要花很多時間觀看、評定成績、選出獲獎者，當然酬勞也都很高；只是往往在完成一項任務後（尤其是影視內容的審查），眼花視茫，需要一段時間來調養。不過話說回來，申請或送繳作品的審查，基本上都是在各層級單位被挑選過，品質和程度都有一定水準，說是審查，往往也是一種欣賞；在部分戲劇節目上，參加評選競賽的都只是挑選一、兩集，並非節目全部，尤其我在看了連續劇之後，有時甚至意猶未盡，反倒有追劇的衝動。

有些評選競賽還會安排審查會議，我必須先看過所有送審作品，分別評分，在會議上再與其他委員就各自所挑選的優秀作品進行討論。這時就會發現每位委員在審查的背後，其實有很強的專業實力，同時能用具體證據和邏輯陳述，將自己的「最愛」推薦給其他委員。雖然有時候免不了由討論變成辯論，甚至也會激辯，但最終大都能在合議或民主投票中決定優秀作品的評等順序。我也常在這樣的討論中面臨主客觀間的拉扯。於是，雖言審查，對我而言，其實也是一種學習。

番外篇

談到出版品的評審工作，讓我想起曾經參與一個與視覺設計有關的審查。某日有位同事問我，是否要和她一起出席一個「會展攤位設計」的標案審查，她可以將名單送去執行單位看看。我原本以為可能只是說說，沒想到後來竟然通知要我去當審查委員。

會展攤位設計，從描述定位、聚焦特色、選定主題，然後進入場地設計與布置的發想、企劃與執行的想定等等，審查思考判斷的項目還真不少。我發現來提案的團體，專業程度與態度都參差不齊，有很用心的團體，專業提報，注意報告中的每個環節，勢在必得；但也有濫竽充數，甚至還遲到的（當然主辦單位不會額外多給時間）。專業、氣勢與態度，決定了一場標案的執行預算花落誰家。

因為有這樣的經驗，讓我開始對會展有了興趣，開始會去注意展覽會場的設計，增加我去參觀會展時的另一種樂趣，進而在學生的畢業展覽場地布置時，我也能談述一些意見，提供他們延伸思考（不敢說參考）。

41 高中教材撰寫

我自己在大學教書，經常要撰寫上課用的新教材、改編自己的舊教材，但沒想到竟然有機會編寫高中教材。當年我念書時是「一綱一本」的年代，國立編譯館出版的各科一冊、全國適用的教材，只要找一群學者專家開會、討論、決定方向章節、撰寫，之後出版，就成為賣到全國各級學校的專用教科書，考試也就那麼一個版本。後來因為開放為「一綱多本」，讓出版社在相同綱要底下，可以各自找學者專家撰寫出版不同版本的教科書。於是有心經營學校教科書市場的出版社，就會組成很多編輯小組，再分頭聘請各科各章不同領域的專家學者來撰寫。我因為好友的引介，參與了「高中公民」科目的章節撰寫，從蒐集資料到撰寫初稿，改稿，編輯，校稿，定稿，印刷，發行。

很感謝有這個機會參與高中教材的撰寫工作，讓我可以再思考年輕世代需要的公民理念、參考方向與具體內容。公民，以前在小學的時候叫做「生活與倫理」，著重良好生活習慣的養成，以及社會倫理觀念的建立；國高中時叫做「公民與道德」，但在高中只列入在校期間的考試科目，我也真的忘記課堂上老師教了什麼，只功利地覺得是一門「應該」被打入冷宮的科目。

現在孩子們面對的「公民」，已經不是當年教化目的和教條式指導的倫理道德取向，反而是著重在培養公民的價值、理念、視野、深度、知識與技能，也列入校系考選學生的選擇科目裡面，大大提升了大學生的「公民學前教育」，讓年輕學子懂得主動搜尋與分析資料、資訊，藉以找問題、問問題、找答案，最後做出判斷和決定，透過過程中的思考，學習到解決問題的能力，同時符合「公民」的期待。

記得我小時候，常常在面對「生活與倫理」的考題或問卷時，會有很多「奇怪」的想法，或者在腦中出現一些「特殊個案事例」，衝擊原本應該「遵守」的倫理條文，甚至有時會衝撞教科書裡面的規範描述；但為了考卷上的分數，總是在最後能及時煞車，「百依百順」教材所撰寫的內文敘述，也就「順順利利」拿到滿分成績；只是內心一直會出現「但不一定是這樣呀」的小掙扎（小錯亂）罷了。所以，當我看到現在的孩子們能夠勇於表達自己的感覺和意見，我覺得那就是一件很幸福的事情，因為「能思考」，正是成為優良公民最基本的動力元素。但就怕，他們不思考。

撰寫教材賺到錢的，還有在空中大學的兼課。說兼課，其實並沒有每週親臨教室現場上課，而是以函授和錄音的方式為主，設定教材書籍，訂出篇章進度，修課的學生按照進度進行學習和接受考試。我大學時代的老師開了一門課《家庭社會學》，上課進度和指定用書，找了幾位大學老師分章執筆。大概因為我過往的學習也算屬於社會學領域，大學時期也很用心修過這位老師的這門課，加上家庭內的夫妻關係和親子關係的相關資料，我也一直都有接觸，所以老師找上我，我當然是恭敬不如從命。

教材撰寫，只要先想定分節內容，蒐集資料，有邏輯地整理，論理介紹當中加進部分自己的觀點，不難。倒是師生的空中授課，需要親自到校錄音。訪綱的回答內容需要先行準備，並做邏輯性的陳述；而針對其他老師的現場臨時提問，則需隨機應變。所以這樣的課程錄音，和我在一般廣播電台的錄音不太相同，因為身分是大學老師，專業的標籤帶給我很大的壓力。不過倒是可以在錄音現場領教到其他老師的專業表現，我能夠邊講課，邊聆聽，邊學習，也是一得。

42 電視節目通告來賓

我不是一個喜歡上鏡頭的人，一來因為我偏內向，擔心在鏡頭前講不出重點，甚至語無倫次，所以會很焦慮；二來則是我不喜歡被「大眾」看到，大概因為我不覺得自己是一個很上相的人，而且眼睛一大一小，總覺得被錄下畫面的我，不會很好看，所以一直很排斥（不是偶像，卻有偶像包袱）。

上電視節目成為來賓，其實很意外。記得當時，一個兩代溝通的電視節目，錄影前日有一位來賓突然無法到，節目裡面負責聯絡來賓的小助理，剛好是我任教大學畢業的學生，輾轉知道我對年輕人的問題有點經驗和心得，於是跟我聯繫。我剛開始也是因為不喜歡上鏡頭的情結而請她再找看看有沒有其他來賓，但最後還是沒找到，我就只好勉強上場解圍了。可能也因為沒有表現太差，所以我後來就又被找去錄了幾次影，瞬間就變成通告來賓了，前後經歷了四個助理。

我不是個通告咖，也不是那種能言善道、載歌載舞、或搞笑賣傻的來賓；但對於節目裡面談的話題，其實都很感興趣，親子之間、老少之間、師生之間的觀念與對話，不同身分都有各自的立場和堅持的理由。不過，看似衝突對立，其實又能找到一些接合點。我們來賓，要說專家，我是不敢；但我自許能在節目中貢獻一些雙方可以接受的平衡點或者方向，讓大家繼續思考，然後自我調整。

這個節目的錄影是一鏡到底的，所以現場只有主持人可以說NG，然後重錄，否則就直接開機到底，這的確讓我有很大的壓力。所幸節目助理都會事前把整個節目流程和主持人會提問的問題傳給我，我就會提前做準備。但節目進行當中，主持人會因為參加錄影的親子、老少、師生的發言，而突然丟出一個他們想知道的問題，這是讓我覺得比較焦慮的部分，很擔心回答不得體，造成我任教學校的名譽受損。不過，整個錄影，我大都只會回答主持人三、四次的提問，如果另外一位來賓講得比較多的話，我甚至也有過短短回答兩次問題就下去領通告費的經驗。

這個節目同時在兩個電視台播出，我也錄了幾集，看看手機通訊錄裡面和我聯絡通告事宜的，竟然也經歷了四個節目小助理。節目播出後，幾個親戚打電話到老家去跟我的母親詢問，說他們看到我上電視節目了；甚至有時候接受新聞台記者的採訪，也會「驚動」他們。長輩們都會覺得上電視是一件非常非常不得了的事情，可能也因為以前電視只有三台，節目不多，播出時段又少，所以能上節目讓全國觀眾看到的人，是少之又少。但現在是網路時代，自媒體、網紅、KOL（關鍵意見領袖）都不需要傳統媒體就能創立和生存，甚至發光發熱，上節目就變成是很稀鬆平常的事了。

另外，上節目遇到的來賓，有些是我年輕時在電視或報紙上看到的作家或演員，而有些則是我不怎麼熟悉的新新世代，世代間的對話，就更加熱鬧。尤其在來賓休息室的化妝時間，有時來賓都在場，剛好可以東聊西扯，我就發現他們跟我原本的印象都不太一樣，反而更真實。

返國工作——大斜槓

別問我「還有什麼能做？」，我不知道；但我只知道「哪有什麼不能做？！」

43 報紙專欄作家

我從高中開始，就是一個自許、自認、自嗨的文藝青年，一心想投稿登上當時兩大報的文藝版（《中國時報》人間副刊與《聯合報》聯合副刊），寄了幾次稿，都石沉大海，毫無回音。沒想到後來能在大報上面刊登自己的文章的，竟是在「讀者投書」的版面上，談著大學校園生態、社會價值觀、政治公關的問題，甚至還有英文報翻譯轉載，都幫我賺進小小的稿費。其實「讀者投書」的收稿，除了必須快速回應社會議題外（有時效性），還必須能提出獨特觀點，最終還得回應報社的特定讀者群。這樣說起來，看似容易，其實也不容易。所以，有一搭沒一搭的，算是點心，不算寫稿正餐。

最終讓我在報紙上刊登稿子、持續賺到錢的，不是副刊（我沒有足夠的文采），也不是「讀者投書」（不是經常可以浮現獨特觀點），而是在趣味休閒版上的日語專欄。這個版的主編也是射手座，跟我一樣「愛玩」，還愛玩一些沒玩過的。當時剛好日劇和日本商品在台灣非常盛行，她就慫恿太太和我出來寫一些關於日本的東西。記得當我太太跟我提起這個計畫時，我只問她說：「好不好玩？」就因為她說：「應該很好玩吧！」我便很衝動地一口答應了，沒問稿酬，沒問多久必須交稿，沒問要寫些什麼方向，只要好玩就好。後來我們決定從日語詞彙下手，介紹日本的生活習慣與社會文化。這對我來說不是太難，有很多在日本生活的體驗，以及曾經混淆、後來搞清楚的日語詞彙用法，再加上勤於網路搜尋和閱讀書籍資料，所以即便是每週三次的專欄寫作，我和太太也都能如期交稿。

這個專欄寫作，其實「很好玩」。因為主編讓我們很自由地在她的版上塗鴉，好玩；因為當我翻了一下午資料，找到一個很有意義的日語詞彙，好玩；靈感一來，想出很有趣的文稿呈現方式，好玩；被太太緊迫盯人逼稿，卻能使盡死皮賴臉功夫拖，拖，拖，然後看她氣呼呼的模樣，好玩。

雖然我不是專業的作家，但很幸運地能跟太太一起占據報紙的一個小角落，當了三年的專欄作家，好玩，而且很享受。

我讀高中的時候，假想，也假裝自己是個文藝青年，甚至經常為賦新詞強說愁，但終究苦於找不到可以展現文筆的版面，當不成騷人墨客。於是在高二那年，爭取到班刊主編的機會，名正言順成為撰稿寫稿、強迫別人欣賞文章的文藝青年。

在當年那個講求「升學第一，唯一升學」的社會氛圍裡，這份班刊的存續誠屬不易，當我接下主編的時候才發現是第十三期，原來已經在學長的努力下，堅持了十二個年頭，堅持發表，堅持編輯，堅持出版。一群不愛念書而想做點其他事情來解悶的傻子，加上幾個總是把教科書參考書都讀完讀破而想找點其他事來玩的傻子，成就了這冊刊物《涓流》。說傻子，是真的，因為大家都是初次接觸刊物的編輯出版，還得去拉廣告贊助，當然還要徵稿、寫稿、催稿。最後，經費不夠，還得厚著臉皮、軟硬兼施地催繳班費。搞得大家疲累不堪，最後，當然還得面對自己的課業和考試。

編輯過程中，讓我難忘的就是跟教官在文章內容上的你來我往。在那個出版必須審查的年代，教官篇篇嚴審，我們學生也是字字堅持，常常就是爭辯得面紅耳赤，以致身為主編的我，就經常被教官叫去「行動指導」和「精神感化」。甚至學校還特別指派了校內黨籍輩分最高的老師來當我們的班導，「導正」我們的思想觀念。所幸，這位班導很懂我們的心，總是讓我們暢所欲言，發洩情緒，最終也讓班刊可以順利出版。當我們把這份刊物寄送到其他學校的時候，有拒收的，有收到卻不發的，因為校方擔心班刊會讓學生心情浮動，影響考試的準備，害得我們只好透過關係私下直接配送到他們的班級裡面，成為「地下刊物」。

44

日語學習工具書作者

因為我和太太在報紙上寫了三年多的日語專欄，累積了超過五百篇文章，主編牽線找了出版社幫我們結集出書，還找了插畫家幫我們畫插畫，讓一冊日語學習工具書顯得更活潑可愛，也具有趣味性。戰戰兢兢出版了有生以來第一冊書《辣酷辣酷學日語——愛の言葉》，趕上哈日風潮，一下子就把第一刷賣完了，然後第二刷、第三刷……，最終，我們竟然領了一萬冊的版稅，當然，應該也讓出版社進帳不少。於是出版社要我們把餘稿整理，在第一冊出版三個月後，將第二冊《學園の言葉》緊急上市，隔年又接著出版了第三冊《旅行の言葉》。

依計畫將會出版第四、第五冊……我最愛的《飲食の言葉》，正因為我愛美食，所以特別關注飲食詞彙的使用，以及日本飲食的習慣和歷史文化，完成的文章總篇數也累積到可以出版上下兩冊。可惜，哈日潮已經逐漸消淡，出版社斷然收手，讓我已經準備好各篇章的內容和目錄，也跟著停擺了。擺著擺著，二十年過去了，文章裡面提到的日本社會事件、文化風情，或者戲劇、流行物，都變成老舊的例子了，而當年超級人氣的偶像明星藝人，現在也都變成中年的大叔大媽了。

其實，我和太太原本在整個系列的規劃是出版六冊，最後一冊是《職場の言葉》，因為我本來的學習領域就在企業經營、職場文化與勞工心理，可以介紹很多職場的日語詞彙及其背後的文化；太太則是研究所畢業後曾留在日本工作，在東京都內的大企業裡上班，也有很多職場的實務經驗。所以當初原本設定可以編寫一冊出版，為這個日語學習系列作結。可惜，後來也都成為電腦檔案裡面塵封的文字了。

番外篇

有時候會再去翻那三冊書，看看裡面曾經記載的日語詞彙，也會看看前言裡面提到的日本生活體驗，發現初抵日本的那段期間，受到的文化衝擊不小，就連生活中的文字語言使用，都常常出現自以為是卻似是而非的誤解。

像當年我到日本留學，是在一個早晚都有寒氣的四月初傍晚，抵達我所就讀的大學，竟然碰上一場大雨，又溼又冷。我在搬行李的時候淋了雨，本來不以為意，還打掃宿舍、整理行李到深夜，結果就感冒了。隔天被學長帶去醫院報到，因為鼻腔有血絲（後來才知道是因為還沒適應日本乾燥的空氣），所以還去照了X光。醫生在看完X光片後，要我再撩起衣服，然後用聽診器在我的胸部和後背聽來聽去，最後對著我說：「胸が綺麗ですよ。」喔喔，被男醫生說「你的胸部很漂亮」的感覺，真是有點毛。後來我才知道：原來日文的「胸」，不僅指胸部，也可以用來指稱肺部；而「綺麗」的意思，除了我們常說的「漂亮」之外，也可解釋成「乾淨無暇」，是的，醫生是說我的胸腔很乾淨，要我不用擔心。

隔了兩天，我去學校找我的指導教授報到，在他的教研室門口竟然發現有一塊板子，上面寫著「在室」。雖然我知道這是指他「在教研室裡面」的意思，但我還是會想到中文的「在室男」，所以進去之後和指導教授的交談，我都一直忍住笑（真是太沒有禮貌）。這些文字語言所帶來的溝通誤解，也就成為我幾冊《辣酷辣酷學日語》的撰寫主軸。

45 日本新聞編譯

從一九九〇年到二〇〇〇年，大概是台灣哈日最盛的十年，即便日本經歷了經濟泡沫的時期，但也沒有影響台灣人的哈日風潮。於是，對日本的任何訊息都想知道，最新日劇、藝人動向，日本職棒勝負，人氣商品，甚至社會案件、政治議題，都讓很多人想快速得到相關的新聞資訊。拜網路之賜，這些新聞資訊的傳遞都不是問題，但對很多台灣的哈日族，不盡然可以讀懂很多最新消息，所以就有一些中文的哈日網站成立，專門介紹日本相關的人事物。

我和太太也接到哈日網站經營者的邀請，負責翻譯日本的新聞，每週三次，一次五則。我們都會先去日本的新聞網站看看最新的新聞，社會的、政治的、演藝圈的、運動體育的、休閒娛樂的，大概都會各選一則，快速整理翻譯。後來發現，具有趣味性的新聞和話題（知名藝人的動向等等），往往最能吸引哈日族的眼球。我們都會在月底依撰寫字數結算當月的編譯費，這樣也持續了幾個月。那段期間太太懷孕，我們又同時接了專欄寫作和網路新聞編譯的工作，因為都是有時效性的文稿，所以時間壓力很大，但我們也都能在截稿前順利交稿，然後笑稱是幫孩子存奶粉錢。

番外篇

二〇〇〇年，除了本職在大學教書外，接了幾份斜槓的工作，一方面滿足射手座想要玩各種東西的慾望，一方面也想掙點業外收入。當年太太年初懷孕，年底生下兒子，原本就是最忙碌的一年，卻也是在那年有很多斜槓的工作機會一一出現。我參與了一個網站經營的規劃和執行，和太太繼續輪流撰寫報紙的專欄，共同出版我們人生中第一冊書，又在哈日網站擔任新聞編譯。當年年底，我原本還想趁著哈日風潮正興，找幾個留日的好友來籌組一個日本資訊網站，但實在沒錢、沒力氣、沒時間，又找不到獲利模式，最後只好作罷。所幸這個念頭沒有真正付諸實現，因為隔年網路開始泡沫，很多網路投資客和經營者，敗的敗，逃的逃，收的收，我算逃過一劫，沒把幾年辛苦賺進來的錢付諸流水。

46 旅遊書主編

有一年的暑假，剛好尚未有什麼計畫，被經營出版公司的老友逮到，說服我接一個出版專案。他說公司正要開發旅遊書這條線，希望我可以去幫忙，要我擔任幾冊旅遊書的主編，同時負責作者在出書後的宣傳企劃與執行。因為以前我在出版社任職的時候，擔任企劃編輯的職位，除了接觸編輯事務外，也對行銷宣傳多有參與；加上返台任教後，在社群行銷方面有所涉獵，所以就義不容辭接下了這個專案。

有些作者是原本出版社已經接洽和收稿的，有些則是我必須去了解，去談出版方式與簽約內容。還好有經驗豐富的責任編輯負責催稿、改稿、定版型，分章節和下大小標；我的工作主要在接洽作者、審查文稿，開編輯會議，校稿，掌握編輯與印務進度，到書店提案；新書上市後，我在責任編輯的協助下，還要擔負起新書宣傳的責任——安排簽書會，上電台節目，跨業合作，企劃行銷活動，甚至還會有版權和類似經紀業務必須了解和處理；最後還得追蹤銷售量，管理庫存，偶爾也會結合其他書籍辦促銷活動，當然也要處理退書。

沒想到幾個月的專案投入，我竟然主編了幾個我很愛的旅遊點，像京都、英國；也有我很陌生的聖彼得堡、西伯利亞和土耳其；甚至還出版了我從來沒想過要去的遙遠國度……「非洲的小巴黎」塞內加爾。

而編輯團隊最積極投入的一冊旅遊書《京都岔路》，在大家的努力下，竟然一刷，再刷，又刷，最後銷售超過一萬冊，成為各大書店和網路書店的暢銷書。打下美好一仗，成為我的一個美好回憶。

番外篇一

我在擔任旅遊主編時，被賦予任務的第一冊書，是關於京都的旅遊攝影書。我約了作者見面談出版合作，發現作者的太太也出席；後來才知道這冊旅遊攝影集，在影像（攝影）部分是由先生掌鏡，而文字則是夫婦共同撰寫。先生的攝影鏡頭，很能掌握京都的內涵；太太的寫作風格，時而俏皮，時而內斂，都讓影像更能感覺到構圖的張力和人文情懷。

雖然責任編輯也有自己喜好的書名，但我很堅持，加上固執，決定了書名《京都岔路》，反映了作者夫婦在京都的巷弄走逛，不追求熱門景點的心情。先生作者很努力配合新書宣傳，他和在媒體工作的太太也有很多媒體朋友來幫忙，總算讓這冊書的銷售站上書店的排行榜，然後節節高升，再刷好幾次。

這位先生作者原本大都在科技業擔任產品經理的職位，而且都是大企業，薪水應該不少；只不過在這冊書出版以後，他更積極投入攝影領域，也多次到京都拍攝非常美麗的影像；後來還到國外很多地方去旅遊和攝影。最後，他毅然決然辭掉原本的高薪工作，全心投入旅遊攝影，開了攝影講座，還把自己的生涯放在旅遊帶團上面，成為專業導遊。他帶團超過十年，也開了自己的旅行社，繼續做自己喜歡的事，繼續追夢。

因為旅遊主編的工作，讓我可以接觸到一位追夢的年輕人，在感動之餘，我也感念生命賦予人們機會與轉念的契機。雖然現在這位先生作者也已經變成大叔了，但卻是一位受到很多團客喜愛的追夢大叔，讓人敬佩。

我喜歡旅遊，但在規劃安排行程時，都會想辦法避開一些我的罩門景點或設施。比如我生性懼高，怕登高樓，怕坐飛機，怕走吊橋，怕坐高空纜車，怕搭摩天輪，怕坐雲霄飛車，怕走天空步道，當然就更不用説是站在懸崖邊或巨石上擺出帥氣的動作拍照了；甚至連站在高樓裡面傍著落地窗看風景，都覺得全身在發抖。

説懼高是與生俱來，但其實也可能與我小學三年級的經驗有關。記得當時我因為站在階梯的平台上，被急奔過去的同學碰到（或嚇到），結果整個人跌落平台，直接摔倒在地，因為頭部撞擊地面，有點頭暈，所以被送到保健室，最後老師還通知我的母親到學校來。也可能是那次經驗讓我開始害怕站在高處，總覺得會有跌落的意外出現，那個陰影好像一直都在，揮之不去。

話是這麼説，但有趣的是，我在大學教書後買的房子，住家竟然是在十三樓，雖然當初也慢慢適應這個樓層的高度整整一年，但我其實還是不太敢靠近陽台，所以最後還是去裝了全罩式玻璃，還請工程師傅在玻璃內面加裝一條高於腰

47 平面雜誌模特兒

我不是一個喜歡上鏡頭的人，不過像電視台的談話性節目，因為單獨面對鏡頭的時間並不會太長，還在勉強可以接受的範圍；我反而比較喜歡上廣播電台錄音，因為不用露臉，也就不會那麼緊張。當然，我也絕對不會主動去應徵模特兒（其實也應徵不上），或者臉皮厚厚地去找人幫我個人外拍。

我兒子小時候就很可愛，很上相，我也幫他拍了好多照片。有好友看過照片，剛好她企編的親子雜誌，需要找一個小家庭，夫妻帶小孩，到攝影工作室拍攝一系列的照片。她找了我（其實是我們），我回家說服了太太，她同意；兒子，那時候還一歲不到，身為監護人的我們，也就直接議決通過。

接著就是準備工作。我們依照雜誌社給的角色設定，開始找合適的衣服，要外出休閒的，要體面的，要居家的，還要顧及全家調性相近的。最後真的是塞了一整個皮箱的服裝和玩具，出發到現場。玩具道具，雜誌社也會準備一些，我們帶去的主要是兒子喜歡的玩具，是用來哄他開心，讓他能夠情緒穩定，配合擺姿勢拍照。

我和太太只要聽指示換裝，擺姿勢，看鏡頭，露笑容，喀擦！一點都不難。最難搞定的當然就是兒子，所以拍攝當天的整個早上，主要任務都在安撫兒子的情緒，培養拍照的氣氛，下午才正式開拍。中午用餐時間（兒子主要還是喝奶），我們發現兒子食慾不佳，呈現疲態。回想早上時段兒子並沒有怎麼拍攝，大都坐在一旁適應環境，應該不會這麼沒精神才是；但我和太太的確看到兒子精神不佳的模樣，也變得沒有耐性，不太能配合拍攝。然而雜誌社攝影人員來了，場地也租了，我們一家三口還是盡量配合，只是因為兒子的身心狀況，整個拍攝過程斷斷續續，拖拖拉拉，一直到傍晚才完成。

看著平常很活潑、很愛玩的兒子，在攝影棚裡面是整個疲累不堪，直覺提醒我：兒子生病了！於是在結束拍攝任務後，我和太太趕緊抱著兒子去醫院看診。沒錯，兒子感冒生病了，難怪一整天病懨懨的。我和太太開始心疼起來，當下決定以後不再接任何有關兒子的拍攝工作，雖然還是覺得兒子很可愛，有當嬰兒模特兒的本錢，但實在不想再讓兒子賺這種「辛苦錢」了！

我不是真的單槍匹馬去當模特兒，我應該是托兒子的福才有機會成為親子雜誌的模特兒。賺的錢，進了我的口袋，扣除停車費，還有事先給兒子買的治裝費，加上事後衝去醫院的看診費，所剩無幾的酬勞則直接進到家庭金庫。

番外篇

看到兒子獨拍時疲累的神情，讓我想起我父親以前出差回家時的疲憊身影，還有他帶回家的「心肝阿美」。

小時候我們家只能算小小康，一層樓，三個家庭分租；我們全家則擠在一間十個榻榻米大的小房間，擺進所有家當，然後一家六口，吃飯，睡覺，還有孩子寫功課，全都在上面。

所以我小時候就發現，在迪化街和朋友合開西裝布料批發店的父親，很辛苦，不僅天天要上班，還得要南下開發業務兼收帳。他總是穿著全套西裝（還有內搭小背心），帶著幾本西裝布料的「見本」（樣本），南下台中、嘉義、台南、高雄，縱貫台灣。那時我就很崇拜父親，覺得他生意做很大，因為他能夠台灣走透透。聽他說，有時還有交際應酬，花錢請客戶喝花酒。（小時候的我只知道扮家家酒，以為是把花瓣撥了放進酒裡面喝，好貴的花！）

父親出差，總會帶土產回來，記得有一次帶回「心肝阿美」，滿足小孩子喜歡甜食的慾望，最後竟變成我小時候最愛吃的甜食。「心肝阿美」，其實是「新港飴」的台語加日語發音。

當時我們幾個孩子看不懂太難的國字，只知道父親跟我們說，那叫「心肝阿美」，就這樣，我們一直以為那也是父親的最愛，所以才特意取名「心肝阿美」。新港飴的甜度剛好可以滿足我，顧不得它會黏牙（據說現在的新港飴已經不會了），往往一吃起來便欲罷不能。我母親倒是很理性地要我不能一次吃太多，不知是因為怕我蛀牙或肚子痛，還是珍惜父親買回的土產，不讓我一次吃光。

每次聽到、看到、拿到、吃到新港飴，小時候父親出差回家的情景就會湧現。因為當時台灣的火車經常誤點慢分，加上父親每次出差常常是搭最省錢、最低等級、也是最慢的普通車，所以回家時往往都已經是深夜。我們小孩子有時甚至還沒等到父親回來就已經睡著了，或者就是半睡半醒瞧見他進房門看我們入

48 奇幻小說創作比賽評審

一直到現在，我還是不很明白為什麼當初會去接這份評審工作。我在年輕時並沒有完整看過金庸或古龍的小說，近期對於哈利波特也只停留在電影欣賞，認真來說，並不是這方面的專家。可能是因為好友的強勢邀請（指派），也可能是自己的好奇心作祟，又或者是因為常在夜裡作夢的自己，總有一堆跨越真實世界的幻想。所以，我說服自己，義不容辭加上半推半就地答應上場了。

我其實喜歡文學，喜歡看小說，長篇、中篇、短篇，都愛，就是比較沒有機會接觸奇幻小說。但這些年來，因為電影帶動書籍的銷售，也影響很多具有想像力的年輕人投入奇幻小說的創作，每年都有相當多的產量，於是有個機構舉辦了這樣的競賽活動，鼓勵創作者能將這些超越現實的奇幻故事呈現出來，分享給大眾。

在奇幻小說評審面向和深度的大原則下，其實我也有屬於自己定奪成績的標準，就是「要跳脫邏輯，但又要有邏輯」。既然說是奇幻，當然就必須超越我們習以為常的想像，不論是主角、配角的選定設計，故事的布局鋪陳，劇情插曲、轉折和結局，都應該不是一般人預想或猜測就能輕易掌握到的，這樣的故事便能跳脫邏輯，具有創意，產生驚奇的效果；但整個故事的呈現又必須合乎常人的邏輯，讀者才能逐漸進入故事的脈絡、理解過程，而不致出現過度怪誕的跳躍式劇情，甚至牛頭不對馬嘴的故事軸線，這只會讓讀者看得滿頭霧水，甚至產生劇情的錯亂矛盾。所以，如果一部奇幻小說的創作，能有超越真實的驚奇劇情，加上能夠銜接讀者的理智和感情的邏輯，那麼就會獲得我的垂愛。

這是一份辛苦的工作，我必須看完一篇一篇的創作，不論創作者的品質好或不好，我都會一一給他們意見……嘉勉的意見和改進的意見，供作參考，目的就是希望這些熱情投入寫作的創作者，持續精進、堅持寫作，日後能寫出更多好作品。

談起我經常作夢這件事，是真的。我從大學時期就很會作夢，有人說我應該是壓力太大，但我想想自己，其實是那種碰觸到床就會馬上睡著的人，年紀輕輕應該也不太有什麼生活壓力，學業壓力就更不用談了。可是常作夢是實情，而且在夢醒的當下，通常都還記得夢裡的故事情節。所以後來我幫自己準備了筆記本放在床頭，再擺上一支筆，早上醒來第一件事就是「記下夢境」。就這樣，我在大學有段經常作夢的時期，完整記滿了兩冊筆記本（作夢日誌），白天時我就會拿來分析自己。於是，大學時期的我，迷上了精神分析學，特愛夢境的解析。

現在，夜裡作夢，我就會在醒後趕緊取張小紙條，重點式地將夢境裡出現的前後影像，一個一個順著寫下來。於是，一齣齣超乎現實又曲折離奇的劇情就出現了。

我的夢，很多彩……內容豐富且幾乎都是彩色的，這讓我覺得作夢是一件很開心的事。我的夢，不是只有劇情超乎現實，偶爾也會出現穿越劇的夢境，在夢裡出現自己在不同年代的扮相；我也會夢到未來，直到日後的某一天遇到在某個夢裡出現的地點和情境，而且是一樣的人事物，這讓我覺得有點顫慄；我也曾經夢到「多層夢境」，就是夢到我睡著在作夢……作到一個自己旅行中累到睡著然後作了夢的夢。甚至有時在夢裡遇到被追殺或逃亡，最後在沒辦法時會一直對著自己催喊：「趕快醒過來！」然後就醒了，也脫離了險境。而最讓我感到很難解釋的是我有些夢像連續劇，前次夢到一個段落，卻能在日後的夢境裡緊接著上次未完待續的情節，繼續往下作夢。

49 攝影講座講師

執行了幾年的系列攝影，逐漸累積了一些影像紀錄，我給這些影像作了詮釋，同時也讓這些影像與生活、生命產生了連結。於是，我開始有機會接一些影像專題講座，好友也很「勇敢」地讓我去他的場子裡面暢談無阻。我站上講台通常會分享一些我拍攝影像背後的構圖思考和生活觀點，當然也會介紹簡單的攝影技巧，包括構圖、光圈、快門、感光度，雖然那並不是每次分享的主軸。

我通常比較喜歡告訴大家：很多貼近我們生活的人事物，常常被我們忽略，其實我們只要多留點時間，多花點心思，多投點視線，很多影像和故事就會自然成形了。所以，我的講座，就算是介紹我所拍攝的影像，但其實都在分享「珍惜」身邊所愛——惜人、惜物、惜情——的意念。

曾有來聽講座的人問我：如何拍一張自己喜歡的照片？我反問他：「你喜歡拍什

麼照片？」他一時也講不出來。我跟他說：「因為我們喜歡的照片不會只有一種，所以你很難預先準備；而就算你準備好了，走進那個時空，當下也不一定會出現你想要的構圖畫面。」他又問我：「那怎麼辦？」我回答他：「把心帶到就好，有了心，故事就會緊接著影像出現，有了故事，就會有好的照片。」

是的，我喜歡影像背後的故事。相同的場景，相同的人事物，每個人拍的角度和構圖都不同，因為每個人都有按下快門那個瞬間的故事。攝影的人除了拍照，更要去找到那個影像背後屬於自己的故事，我覺得那才是最美的。

我後來也將這種透過影像發掘自我的練習，放到我的課堂「自然觀察法」中去實踐演練，每位學生有一個小時的時間，用各自的方式去觀察自己原本很熟悉的場所，重新去接觸、去感受、去發掘屬於自己和那個場景影像的連結，進一步思考這個連結背後的故事，最後去推想自己在意、珍愛的人事物，再次認識自己。那個戶外課程的練習，常是上那門課的學生在畢業之後還會反覆提起的回憶。

這一、兩年有機會在講座分享介紹台北夜晚的巷弄和店家，現場參與者常提問：「你最喜歡台北的哪個景點？」或者有講座參與者想了解我與這些景點的往事。其實，每處景點，每塊街區，每條巷弄，每個店家，都有我喜愛的理由，但我還是會介紹幾個大家比較不會留意的街區巷弄，讓大家能把觸角伸得更廣。

像我會介紹我老家所在的街區「林森北路條通」，如何從日治時期、美軍駐台時期，甚至後來也成為來台經商的日本商人在下班後的一處溫柔鄉。過去的風華逐漸沒落，褪去花紅酒綠，沒了攬客的光景，也沒了吆喝的吵雜聲，但唯獨不透光的玻璃還是隔絕了隱私的窺探，靜靜地扮演著抒放心靈的路燈角色。

我也會介紹一個大家比較少接近的景區「華岡」，當年的美軍宿舍區，一直保持對生活品質的追求，後來變成大學城的校外宿舍，近年則有很多咖啡餐廳進駐營業，將宿舍群的建築文化完整保留下來。白屋白牆白圍籬，綠樹綠地綠山水，美式生活的悠閒與慵懶，對山下的台北都會人來說，往往是遙不可及的奢侈。

如果提到跟我年歲生命比較有關的經歷，我還會介紹青少年的街區「西門町」。那是我高中大學時期的回憶，那個還有中華商場的年代，熱鬧擁擠的電影街，還有偶會被提起的高中群鬥事件。雖然西門町在台北都會發展中曾經一度沉寂，但後來又重新站起，發展成為青少年逗留、遊逛、購物的街區，尤其路邊牆上、地上、看板上的塗鴉文化，在台北市區裡非常具有特色，值得慢慢走逛欣賞。

而近期的講座，因為攝影集《台北・夜・店》已經出版，所以我常會分享如何拍出美美的「耶誕信義區」。我總是建議大家選擇一個細雨或大雨暫歇的晚上去台北信義區欣賞耶誕，因為下雨的信義區，或者滿地水漬的信義區，剛下班的上班族會嫌撐傘麻煩又可能擔心弄得一身溼，不會特別想去。所以在這樣的天候條件去信義區，可以享受一個不吵雜、不會擁擠的耶誕氛圍。再加上滿地的水漬，剛好讓戶外燈飾有了漂亮倒影，繽紛多彩，整個信義區呈現出更豐富美麗的耶誕街景。

50 企業講座講師

到業界演講分享和在學校講課，最大的不同是台下聽講的人。企業人士的實務經驗很豐富，也很務實，所以不能盡是給他們一些硬梆梆的理論學說，如果一定要提到理論觀點，也必須告訴他們這些觀點的實務價值。不像沒有太多實務經驗、又沒有理論基礎的大學生，課程時間裡光是介紹理論、陳述觀念、羅列原則，就可能占去課程的大半時間了；到業界分享，他們不要你的實務經驗（因為他們更強），也不要你的理論（他們聽了會睡著），更不要你來胡謅亂談（十分鐘可能就會有人站起來走人或對你嗆聲、讓你難堪）。

所以，「要談什麼？」是每次接到企業講座案子後讓我輾轉難眠的提問。談他們懂、又不是太懂的東西；理論觀念可以談，但必須結合他們的工作實務，告訴他們其實是在實踐某些理論，或者可以藉由某些理論補足和加強實務工作的預測與判斷。通常我傾向將每次參加人員的背景、層級先了解清楚，找出他們經常遇到的職場困境，以及他們的需求和想望；接著才會開始擬定我的講座教材內容，挑選我要談述的觀點，最後一定要想出幾個他們沒有想到的突破性觀念，或解決問題的方向，才算「充分準備」。沒有這樣的覺悟，就不敢到業界上台分享，因為業界的酬勞雖然很吸引人（至少是教育單位的三倍起跳），但接受的挑戰也比較大，沒有兩把刷子會當場被修理，專業要強，心臟也要強。

我從研究所就開始接觸的勞工心理、企業組織的領域，算是我接案的主軸，談怎麼領導、怎麼溝通、怎麼管理部屬，或怎麼反過來控制老闆……，都是我喜歡談的主題。而任教期間還曾經花時間涉獵了「網路／數位行銷」方面的資料，參與了一些網站經營和網路行銷的實務，所以後來在學校的大學部開設「網路行銷管理」、研究所開設「數位行銷」的課程，最後也受邀至電視台分享數位行銷的策略思考。

到業界去擔任講師，比較特別的經驗是到婚友聯誼社的分享，一次是分享我的攝影拍攝技巧和心路歷程，一次則是擔任白色情人節的活動執行講師，帶領會員了解自己和對方的內心世界，帶動氣氛，最後協助配對。那次我請報名的會員帶一份他自己認為可以代表「白色情人節」的東西來，我介紹他們用「隱喻抽取技術」來了解自己和對方，同時畫出可以反映內心世界的心智圖，最後透過這些心智圖裡面的各個元素來配對，當天也成功配出三對價值觀念相近的雙人組。那是一次很難得的經驗，讓我對自己喜歡做潛意識探索的驗證工作，有了一個可以發揮的機會，那比我領到講座酬勞還珍貴。

番外篇

因為在婚友聯誼社舉辦的「白色情人節」活動，應用了我在學校研究與教學常用的一套方法「隱喻抽取技術」，所以當時也做了一些提案準備，希望有機會可以跟這家「以結婚為前提」牽線男女的婚友聯誼社，有些產學合作的計畫。我希望能透過這套探索潛意識的方法，應用在「有心組成家庭」的會員身上，抽取每位會員的內心深層資料，進行生活理念和價值觀的配對。

因為幾乎所有婚友聯誼性質的企業或社團，都是根據會員所填寫的資料，找出適合講座或活動主題的團體配對，和一對一面談的個別配對。但常常是所遇非人，配不到就再鼓勵參加排約，或者再重新配對，往往耗去會員和承辦業務人員的時間和心力。而我使用的這套方法不是被事先設定的問卷填答內容，而是由會員自行講述自己，同時透過「第三物／外來物」來談自己、談擇偶條件、談對生活和生命的價值理念。就是在卸除每位會員的防衛機制下，收集最能代表他們最真誠、最深層、也最不容易隨時間改變的本質，形成個人的心智圖，再透過這些心智圖的配對，獲得較有希望牽線成功、將來也能走得更久的佳偶。

當時我還設計了一個口號：「給我一小時，送你一輩子！」會員不再只是填一份五分鐘就完成的個人資料，而是接受一個小時隱喻抽取技術的專業引導，談述屬於自己內心最期待的需求慾望，日後再由公司依每個人的心智圖進行配對，參與活動。只是後來並沒有接獲婚友聯誼社想繼續推動這個專案的決定，但這是我應用這套技術從事實務研究以來，最想從事的工作。

51 高中職營隊活動總召

因為好友的引介，我接受一家網路書店的邀請，擔任一個高中職閱讀研習營隊的總召，參與規劃三天的課程。我跟著網路書店的代表出席協調會議，和高中職學校的老師討論。雖然各校都有一點本位主義，但大方向上都想藉由活動來提升學生的閱讀能力，或者應該說是閱讀興趣。

愛玩，是青少年的特質；閱讀，則需要加工。所以在課程的設計上，可不能盡是安排靜靜坐在教室上課，那只會讓學員睡著，或者心不在焉，或者在桌面下滑手機。所以，課程內容都必須把閱讀結合活潑有趣的活動，讓靜態閱讀與動態活動產生有意義的連結，才能引發高中職生的興趣，讓他們主動閱讀。像近期我帶領的一次閱讀研習營，最後決定讓學生自行選擇閱讀的書籍，並製作心得報告的短片，上傳分享。雖然很累（講師、學生、小隊輔都很累），但似乎比較貼近年輕世代的生活模式，也較能提高他們的投入意願。

在某一次研習營隊，除了兩天的活動安排外，還另外辦理各個學校的閱讀分享講座，我和專案助理負責課程的設計規劃，並聘請、聯絡講師，提醒和確認講師到校分享，核發講座費。我也負責從大學生裡面招募小隊輔，經過面試篩選以控制品質，再安排行前訓練。而在計畫即將開始執行時，突然被業主經營層硬是砍了活動預算，讓我不知所措。但因為徵募的小隊輔要經費，聘請講師也要經費，找來幫忙的小助理也都談好要付的經費，最後沒辦法只好砍減自己那份酬勞；但想到高中職學生可以因此提高閱讀的興趣，也就不太去計較付出與收入間的不平衡感了。

營隊活動開始，擔任現場總召的我，必須協助關於人員、事務、物品、時間的管制與發配，同時也督導現場課程的進行與突發狀況的協調。每天也得調查所有工作人員、講師、學生的便當種類數量，訂便當，領便當，發便當，處理廚餘。雖然我有小助理幫忙打理和張羅瑣碎的事務，但還是得盯緊緊，深怕在某些環節上面出差錯。所幸我在學校兼任行政工作時有很多這方面的經驗，所以大致可以應付過來，每次的營隊活動也都順利圓滿。我很感謝網路書店的友人，放心也放手讓我帶領營隊，希望我沒給他丟臉，可以跟長官交差。

記得第一次接這個營隊的時候，主辦單位邀請了當時天下文化出版公司的總經理（現為社長）林天來先生來分享閱讀的生活與真義。我介紹他出場後，也一直坐在台下聆聽他的分享內容。雖然他的目標對象是來參加研習營隊的高中職學生，但其實我也受到很大的觸動，對自己的追夢人生有了更深更寬廣的思索。他說，夢想其實是由三個重要元素支撐起來的：熱情、能力、貢獻，缺一不可。我反覆思索著林先生帶給大家的提點，有了更多的啟發，有了更深入的生命掌握，於是在我往後的生命裡，可以更勇敢、更有自信、更堅定意志地追夢。

熱情，是指對事物的想望，從慾望產生激情，激情觸發行動，這種熱烈追夢的情緒，正是最基本的原動力。所以必須時常問自己：我想做這件事嗎？有多想？就算遇到阻礙挫折時也還會繼續想嗎？如果是，那麼這股熱情就足夠推著自己勇敢向前，堅持追夢的初衷。

能力，是指個性、專業、時間與資源，必須做好自我條件的評估，才能讓充滿熱情的夢想實現，不至於空有夢想卻苦無發揮的機會。機會不是憑空出現，而是經過評估後，才知道該把自己的熱情擺置在什麼時空情境，也才能順勢而為，實現夢想。

貢獻，是指對社會、對周遭的人事物，是否給予幫助或服務。因為熱情和能力所獲得的成果，不僅需要被肯定，也需要透過分享才能感受價值，而非僅是獨善其身。成就與成果終究只會曇花一現，若無法產生良善循環的回饋，就無法持續夢想。

我在那天早上聽了林先生的分享後，中午剛好接到我任教大學裡即將接任的新校長來電，希望我可以去幫他處理一些學校的行政工作。我用了林先生帶給我的夢想三元素，分析了我接下來的追夢人生，所以就毅然決然接下了我熱切盼望的職務，開始投入學生事務的工作，那是最能激發我熱情的工作；我還能使得上力，或者也可以透過學習、準備而擁有足夠的能力；最後，我也自許讓這樣一份工作能夠對學生、對學校產生貢獻。於是，再次開啟我在大學行政工作的日子，又是一個完整的六年。

52 國際書展出版社活動舞台總召

原本我只是在一家出版社兼職擔任旅遊線的主編，沒想到隔年年初的台北國際書展，這家出版社打算租下一個場地來「擺攤」。我被老闆說服，在前一年的夏天加入他們的工作團隊，還准我從學校帶來實習的兩個優秀學生也參與規劃，讓他們繼續邊學習邊賺錢。老闆設定的目標是：要設計出一個「與眾不同」的攤位。

我本來覺得理所當然的書展，在台灣不就是出版社打折讓讀者買書一次買個夠嗎？以為就是要辦些促銷或抽獎之類的活動來吸引讀者，再不然就是辦一、兩場出版專業或作者的演講分享，就是不能像車展一樣找些帥哥美女來弄個「書展秀」。既然談「秀」，為什麼不能秀？於是我們最終決定給這家出版社的作者辦個「真人秀」，讓作者站到舞台上，但不是分享他們寫書的歷程或心得，也不是上台去推銷自己的書，而是讓作者登上舞台去「表演」他們的絕活（當然不一定是跟作者出版的書籍內容有關）。

後來老闆定調：「賣書，很重要；但讓本土新生代作者站上舞台，更重要。」於是我們便開始討論要在小舞台上面舉辦的表演活動形式和細節。後來經過徵詢、自行報名、討論篩選，最後登場的二十場表演都非常「與眾不同」，完全顛覆了書展的印象。我們讓作者上舞台提筆揮毫，吟唱古曲，彈奏樂器……，吸引參觀書展的讀者駐足欣賞。

在現場，我的任務就是管時間、管流程、管器材、管攝影、管錄影、管作者聯絡與接待、管每個場次的撤場與布置。因為每位作者的表演內容千差萬別，使用的設備和呈現的重點都不一樣，所以我必須很清楚每位作者、每個場次的設備和擺放位置，以期在換場時能迅速完成，讓作者從容上台、沒有後顧之憂。有時候兩場表演的時間非常靠近，換場時簡直就像打仗，還好都有事先討論換場細流與工作分配，所以幾天的書展下來，沒有出現大紕漏，算是順利圓滿。如果要說比較棘手的問題，那就是音響太吵。我老是要跟隔壁攤位的出版社說抱歉、賠不是，然後音響開開關關，轉小聲後又偷偷轉大聲，的確有點小心機。

書展結束後，開心完成任務，但累垮了！

因為在國際書展中讓作者登上舞台盡情演出，需要很多現場工作人員的投入，加上出版社本身既有的書籍展示和銷售業務，所以午餐晚餐必須有專人訂便當、取便當、發便當。這任務是由出版社的總務組來執行，我只要留意和我負責舞台的相關工作人員是否有領到吃到便當即可。「還有誰沒吃？」這是我的口頭禪，確認大家都領到便當吃飯了，我才領餐盒。

雖然我覺得這是一件很普通的事情，但就有出版社裡面專管訂購便當的主管，在少訂了便當、有些同事還沒吃到的情況下，自己竟然先吃了。果然這件事情讓出版社老闆十分在意，雖然我不知道書展結束後兩個月，這位主管就辭職（被請辭），是否跟這件事情有關，但職場跟戰場一樣，帶兵打仗，要先讓士兵吃飽，天經地義，哪有自己先吃飽、讓士兵餓肚皮的道理!?

有些在校生會去業界實習，往往被賦予中午幫大家訂便當、取便當的任務，他們覺得是一件很討厭、很無奈、很沒有意義的事。我常常會反問他們：「如果不是你去買，那你們公司誰最應該去做這件事？」我接著還會跟學生説：「如果你能把訂便當、取便當這件事情做好，主管老闆也會看到你的用心。」做好？是的，你會了解公司附近餐館的菜色、價位和衛生，甚至你還會和這些店家建立好關係，偶爾可以優惠或者配合給你們公司一些方便。假以時日，累積一些大家的訂餐內容資料，你說不定還可以給大家一些營養、菜色或店家的建議；慢慢地，大家就會看到你的用心、你的細心、你的暖心。訂便當，絕對不是一件可以簡單看待的任務。

番外篇二

我帶去參與國際書展規劃的兩位實習學生，我後來都有去參加她們的婚禮，給她們祝福。她們都讓我很難忘……難忘她們的優質，難忘她們的善良，難忘她們刻苦耐勞的個性。

其中一位學生，頭腦非常靈活，我在她畢業之後，介紹她去一位系友那邊做廣告業務的工作，畢業不到兩年，已經成為台柱，底薪加獎金，年薪直追百萬。她最後選擇創業，成為網路電商新貴，雖然是三個孩子的媽，但內外兼顧，是超人業務媽媽。當我知道她還曾經飛到國外去開辦創業輔導說明會、拓展新據點時，更讓我佩服她的時間管理。

另外一位學生，則是在畢業後和先生甜蜜開了抓餅店攤，我偶會去光顧，然後靜靜地看著他們服務顧客。有時候是當地的年長者踱步過來買個抓餅，邊吃邊聊；下午則是鄰近學校下課後的小學生聚集過來，邊等香噴噴的抓餅，邊嬉鬧；兩個老闆邊做抓餅，也邊和他們閒話家常。夫妻同心協力，很努力撐起抓餅店攤，那個畫面，很溫馨，很叫人感動，也很讓人心安。

53 商業會議日語口譯

南部朋友想在北部找一位日語口譯，找上我幫忙；因為一時之間沒法及時找到合適人選，最後我乾脆拔刀相助，卻也經歷了一場震撼。後來才知道這次會談是因為有一家日本非常知名的飲料公司準備在台灣設廠，想找建設公司蓋廠房和安置一些機器設備，所以在他們開會的時候需要一位口譯員。我對於建築、機械、環境、衛生、安全等各方面，可說完全沒有涉獵，更別說是專業用語的日語翻譯了。雖然信心不足，但礙於事出突然，急著想幫朋友，所以一口答應後，最終還去說服在日本公司上班多年、也有口譯經驗的太太一同前往，順便壯膽。

這家建設公司的老闆從南部親自帶著幾名員工上台北來提案，我們約在提案地點附近的咖啡廳裡，先進行會前討論；雖然我不是那麼快進入狀況，但起碼知道會談的重點，和一些相關的業務、法規與契約內容。正式會談開始後，才發現那家日本公司的總經理，其實有一位祕書負責我們的口譯；加上是第一次提案，主要在一些原則上的約定做協調，日後還會有正式提案。所以我和太太大概只就一些較複雜的部分，跟建設公司老闆做確認，以回覆對方，而對方的總經理祕書有時也會以中文再次確認。會議超乎意外地順利輕鬆，離開時也收到這家飲料公司贈送的伴手禮……他們生產的一系列咖啡飲品，一大袋。

整體而言，這次口譯不算太難，但的確感受到日語口譯專業的壓力，尤其同步口譯就更需要專業了，完全是我目前還無法觸及的領域。有了這次的經驗，雖然短短一個小時就賺進了五位數的酬勞，但專業不足，壓力過大，更怕造成溝通上的誤解或錯誤，壞了上億元的合作案。所以，兩家公司在第二次會談與正式提案審查時，我已經有充裕時間找口譯正規軍了，最後把這份工作轉包給另外一位專職口譯的朋友，這樣我才比較安心。有些錢，我賺起來是會心虛的，還是早早收手，別帶給大家困擾。

這家日本的飲料公司，據我了解，雖然不是最早生產罐裝咖啡的企業，但卻是大規模研發並販售罐裝咖啡的大公司，尤其在我到日本留學期間（一九九〇－一九九六），剛好遇到他們擴大市場銷量，也研發出各種口味類型的罐裝咖啡。當時日本可說是罐裝咖啡的激戰區，各家廠商每年都會研發多種新產品，甚至到近年，光是日本國內就有數十個品牌的罐裝咖啡，上市種類超過四百種。記得當年接觸到的罐裝咖啡，就是黑咖啡或牛奶咖啡，也就是比較簡單的美式或摩卡咖啡，後來加入了淺、中、深不同程度的烘焙類型供選擇，最近甚至在含糖量上面還細分為有糖、低糖、微糖和無糖。此外還有主題、地域限定、減脂功效等的罐裝咖啡。

當年留日期間趕上日劇的全盛時期，就經常在日劇裡看到：被客戶或老闆責罵之後，去自動販賣機投入一枚百元日幣，拿取一罐咖啡，然後跟同事或前輩訴苦解悶；又或者常出現在日劇的場景：在寒冷的冬夜裡，雙手握著溫熱的罐裝咖啡，感覺溫暖。正因為愛上日劇，也因此迷上罐裝咖啡這種便宜、小巧好攜帶的口袋飲料。

我經常在便利店或自動販賣機購買罐裝咖啡，尤其在新品上市的時候，一定會去嘗鮮。我也會把嘗過的咖啡罐沖洗乾淨後，放在我學校研究室裡的桌上。從剛開始一、兩罐僅在桌邊小小角落擺著，逐漸增加，最後滿滿一桌咖啡罐，已經無法在上頭念書寫論文了；數一數才發現自己竟然喝了超過五十款不同種類的罐裝咖啡，成為我留學生活的回憶之一。

54 產業活動開幕典禮主持人

在大學兼任行政工作前前後後加總有十二年，經常要參加大大小小的活動，有些活動還得親自下海執行辦理，所以對於活動的流程，尤其是典禮的進行，都有概念；在擔任學務長的那幾年，因為每年都必須帶領團隊辦理畢業典禮，還有新生學前營隊開訓結訓、新生訓練開訓典禮，加上學期中各種小型活動的開幕閉幕，可說也征戰多年；加上偶爾還會擔任簽書會、研討會的主持人或與談人，累積了經驗與心得。於是後來也有機會參與校外業界舉辦的大型活動，擔任主持人。

其實我的個性偏內向，加上年幼時曾經在大型演講比賽中失控受挫，以致後來只要遇到大場面就很容易緊張，更遑論上台擔任主持人了。所以，每次學校需要我來主導辦理活動，我都會把整個流程掌握清楚，在腦袋裡面建立活動邏輯；接著，做足事前的準備工作，想定各種可能突發的狀況，先做預防動作。雖然這些假想的突發狀況大都沒有出現過，但因為有了假想，有了準備，所以比較心安；因為心安，在正式主持時，也就比較不會緊張失常了。

主持典禮，不難，只要先空出時間和相關人員討論、協調、定案、彩排，大致沒有太大問題。但每次介紹貴賓，壓力還是很大，擔心唸錯貴賓的名字和所屬單位與職稱，還有他們的先後排序，就連座位的排定也是一門大學問。所以就算我會交代同仁依照規劃的座次，在每個座位上預先貼上名諱稱謂的紙條，但最後我仍然會親自全部核對一次；甚至在我需督導辦理的正式會議，場地布置完成後，我也會檢查座次和桌上的名牌，還有調整每張椅子的最適高度，並且讓主席的座位略高五公分，只為了強化主席的威嚴感。對，我很龜毛！

番外篇

我生性內向，遇到事情也容易慌張，更不用說是比賽了，從賽前開始焦慮，到比賽當中的緊張，往往讓自己在解決問題或競賽上面表現不佳。我小學的時候，成績在班上不差（因為有上幼稚園的緣故，班上大半同學都跳過幼稚園、直接念小學），所以學校裡裡外外、大大小小的表演或比賽，我經常會被指派去參加。演講比賽、注音符號比賽、作文比賽、看圖說故事比賽、勞作比賽、寫生比賽，都有我的份。其中影響我最深的是「看圖說故事即席演講比賽」。

那是我小學一年級的時候被挑選去參加的，因為尚未識字，所以看圖說故事。當時我在放學後要到學校的圖書室去「看書」，就是去翻閱擺在圖書室架上的繪本故事書，然後圖書室的老師會一直問我：「這一頁的圖片在講什麼？」慢慢地變成：「你看看這一頁有什麼故事？」就是這樣課後集訓。靠近比賽日的幾天，我在課間休息時，還得跑去別班教室報到，那個班的導師就會隨意翻翻課本，然後問我：「這在講什麼？」面對那段期間不斷的提問，我其實回答起來都覺得挑戰很高、壓力頗大，因為我不一定有豐富的想像力；而用國語敘述，對從小就閩南語日常的我來說，用字遣詞、發音和腔調，根本都是大挑戰。

比賽當天，學校派了一位年紀很大的老師帶我去比賽。早上，大太陽底下，我們搭著2路公車到日新國小，進禮堂，發現裡面滿滿都是人。沒見過大場面的我，其實有被震撼的驚慌感。輪到我時，我去抽了圖片，是張描述兩隻狗在搶骨頭的四格漫畫，現場老師指示我拿著那張四格漫畫紙，坐在一旁準備，十分鐘後，我上場了。我走上講台，正要開始說故事，卻望見台下好多好多人，密密麻麻的。這時，我竟然慌了起來，好似講了幾句之後就停住了，不知經過多久，我看見台下有人舉起手來，不是要發問問題，而是帶我來參加比賽的老師，他招手叫我下台。於是，我跟著這位老師又坐著2路公車回到學校。我清楚記得，中午的學校，還是大太陽，很熱，校園很慘白。

那是我小學時期的陰影，一直到長大都沒有消除。以致我在大學任教的第一年，根本沒辦法站上教室前面的講台上課，因為每次走上講台，站在講桌前，那個童年時期的記憶就會再度浮現，讓我講話開始結巴，準備的課程內容邏輯也會完全亂了套。所以，我總是在講台下、講台邊來回走動講課。慢慢地，我才在第二年的時候，逐漸習慣講台和講桌的教學生活。這一段路走了二十五年，逐漸跨越，終於戰勝了心頭上的那道陰影。

55 攝影集作者

攝影，是這幾年在主業（大學教職）之外的最大興趣，原本只是隨意拍些風景或生活照，還有累積不少兒子的成長照片，如同一般家庭的回憶紀錄。直到某一天晚上，在捷運中山站出口等待友人的時間，去走逛了附近的巷弄和店家；原本只是避免站在捷運站出口的尷尬，順便消磨時間，沒想到那次沒有規劃、沒有目標的「漫遊」，竟然成為我第一個攝影系列的起點。

我開始有規劃地走逛台北市區的巷弄和店家，以捷運出口為中心，設定腳力可以負擔的兩個小時行程。一區一區，最後用了兩年八個月的時間，走逛了十一個分區，五十三個小區，一千五百個餐飲店家，按下一萬次快門，為這些店家的店頭設計存檔了五千張照片。我企圖將曾經在某個年代、台北夜晚的巷弄店家，她們店頭設計的美麗質感，盡可能完整留下來。後來在勇敢的出版社老闆支持下，將其中五百張照片編輯成書，出版了我的第一冊攝影集《台北‧夜‧店》。

我如何選定喜歡的店家呢？店頭設計很特別，店內裝潢很有質感，店裡的老闆很迷人，服務生和客人的互動很療癒；或者，有故事；又或者，本來沒有太多印象、疏忽掉但後來才喜歡上的；也喜歡某些店家後來「已經不存在」，正因為不再出現，沒有了，失去了，往往也就變得是最美的。我的這個攝影系列，因為是在台北市區，各個街區的店家充滿異國風情，展現都會的多元、自由、熱情與活力；但同時也看到很多餐飲店家起起落落，開了又關，關了又有人來開。

在商業經營上，舊的不去，新的不來（沒辦法來），餐飲店家老闆前仆後繼，永遠有新的設計，但也就此失去某些舊店家的設計。在時間軸上，舊的不去，新的照來，一種歷史建築的文化延續，在市街巷弄裡並存無礙，交代了城市的發展軌跡，明清，日治，到戰後，到現代，建築重整，卻也保留原貌。

在這樣的影像記錄過程中，我深刻感受到人們經常疏忽了本該珍惜的人事物，在斷捨離和念舊惜物之間，也會試著找尋並累積曾經遺失的記憶。後來發現，常被我們輕忽疏忽的，往往都是那些與我們最親近、卻經常被遺忘的人事物，它可能是住家或公司附近的餐廳咖啡館，也可能是我們的家人，也可能是我們曾經期盼追尋的一個夢想。於是，給了這冊書的定位。

我告訴自己，要繼續走拍，不要停止，因為，時間在這些店家上面的刻痕不同，值得我持續記錄。

番外篇一

小時候喜歡坐在住家窗前的大桌子平台上，看著窗外的車子、路人、攤販、認識的鄰居……走過，有時候也會偷偷翻動父親掛在牆上的相機，透過景窗去看屋外的世界。慢慢地，我愛上了靜靜的觀察，愛上了被人事物感動的瞬間，愛上了自以為是的詮釋。長大後，發現很多生活中的美感，其實來自觸動我的知覺和感動的故事，並從這些故事裡找到屬於自己的、獨自也獨特的生活價值。

我不是很懂美學藝術領域裡所定義的「美」是什麼。但我知道，凡有故事的，屬於自己所經歷過的、所想像的，所正在享有的，就是美。在不可能當中出現可能，是美；在破舊頹圮中，發現嶄新的意義，是美；在困頓低潮中，發現正向的能量，是美。在日常生活中，靜態物本身，有美的要素；動態物本身，也有美的促力；靜態物與動態物的組合美，適當搭配，搖擺飛揚，形成獨特的風格，日日是好日。

在時間軸上，不同時間的美，時間管理的美，反映踏實、優雅與豁達；而空間存在上，有著相對位置的美，影像深淺大小、主配角互相襯托的美。而美感，也經常在無意間的景象中顯現，登山、望海、逛街、迎夕陽、送黃昏、追彩虹……。美感，是在周遭最親近的人身上：爸爸的嚴酷，媽媽的嘮叨，小孩的成長，太太，丈母娘……。

美感，是一個傳頌的感人故事，有故事的店家，有溫度的老闆，有心暖的顧客。這讓我想起在台北市指南路、政大校門口有一家德國餐廳，因為我不會唸德文，所以就一直稱這家店叫「舒曼六號」。六號是因為店家門牌地址是萬壽路六號；至於「Schumann's」，我後來才知道，那是地主以前在美國留學時的德國籍指導教授的名字，店家老闆順著地主的意思，把這家德國餐廳就取這個名字。懂得感恩的地主，展現溫暖的老闆，這塊三角畸零地，竟然傳誦著美麗感人的故事。

另外，除了店家，我也曾在一個馬路邊人行道上的義大利麵攤，留下影像紀錄。那是在新生南路台大對面的一個麵攤，當時有一對母女，在下班放學後，坐在麵攤用餐和交談的影像。我在她們背後等了好一會兒，最後總算捕捉到他們對望交談的瞬間，一份母女間無所不聊的親密互動。於是，愛，就從照片裡跳出來了。

美的故事，往往就在一個瞬間成形，倏地又退散，來得及記錄的，就有了回憶，也得到傳頌。

番外篇二

我童年時，父親有一台相機，很袖珍，外型很像現在的萊卡。我們家雖然不是很富裕，但父親把記錄家庭生活當成重要的事情，所以就用那部相機留下很多我童年時期的照片。這部相機不用的時候，總是掛在家裡牆上的掛鉤上，我常常靠在牆上，捧著那部相機往窗外掃望出去，小小景窗，滿足童年不太被允許外出玩耍的慾望。父親應該是知道我常去把玩那部相機，所以底片都不會先安裝在裡面，我每次都是轉過片鈕，按快門，再轉過片鈕，再按快門……，樂此不疲。但真正裝上底片的相機，我在童年時倒是完全沒有使用過，只有透過景窗看見外面的世界，覺得整個世界被切割出一個小方框畫面，很有趣。

大學時，發現父親已經換了一台厚重的相機，還是底片的，還是得手動對焦的單眼相機。我在大四寒假考完預官考試後，就等夏天畢業後入伍當兵。所以我跟父親商量，請他同意我使用他那台貴重的單眼相機。我說，我想學。沒想到，父親點頭，還告訴我一些簡單的操作。記得當時我最害怕的就是裝底片和收底片，每次在打開相機背蓋的時候，都會擔心底片還沒有捲回來以致整卷曝光報銷。

我拿著這部相機到處拍照，才發現學攝影很花錢，底片和沖洗費，都是負擔；對於想要學攝影的我來說，沒有暗房沖洗照片，只好送洗。尤其拍攝時，因為不知道當下設定的光圈與快門是否完整呈現我要的照片，每次都得等到照片沖洗出來後才知道當初的設定值是否正確，從中學習修正，並在下次拍攝時再次驗證。所以，我每次必須帶著小筆記本，記下第一張到第三十六張，每一張的光圈和快門，在照片沖洗出來之後，核對記載下來的數據，檢討與改進。現在很多相機都有全自動功能，對焦、光圈、快門，都不是問題；尤其數位存檔的功能取代底片沖洗相片，讓攝影不再是昂貴的興趣嗜好，加上直接在相機螢幕上立即觀看

斜槓後記

斜槓外一章　其實有錢賺，但最後沒有想要賺到錢的工作

我很愛錢，也很重視錢，但並不表示我工作就一定要賺到錢。有些時候，因為支援公益團體，支持親朋好友，支助弱勢團體，只要先講好，我大都不會收費；偶爾我也會接受好友邀請，出席商業公司或傳媒事業體的活動，就算簽領了酬勞（出席費或車馬費），也常直接捐給公司團體的福委會當福利金；而到大學給學生的分享講座，基本上都會全數捐作系費、班費或學生助學金。我也常出席本土新生代作家的簽書會，擔任主持人或引言人，也從不收主持費，只為了支持本土作家。當兒子高三時，我還毛遂自薦跟他的導師討論關於應考生的書審資料和面試技巧，最後我決定乾脆給他們全班進行大學推薦甄試的模擬面試，這當然也不會收錢，還在家長群組上面回應大家的提問。不收錢，不想收錢，只因為人跟人之間的一份感情連結，還有對未來的美好，寄予期待。

斜槓外一章　其實有錢賺，但酬勞中途縮水的工作

在過往我所賺到錢的工作當中，最讓我氣結生悶氣的就是那種「案子都談好，準備執行或已經執行到一半，才跟你說：我們預算不夠，所以要刪減費用」。對，就是中途砍我的酬勞。我喜歡一開始談好，即便價碼不是很尬意，但只要我接受了，就會全力以赴；但最讓我嘔氣生氣的，就是都談好接案了，才臨時出現「砍酬勞」這訊息。顧全大局，吞下去；情義相挺，吞下去；深呼吸後，吞下去；然後我還要再去砍活動某些項目經費，經常就是捉襟見肘，但我大概都不會去砍其他執行人員（助理，工讀生）的酬勞，最後，只好砍自己的。

想想，有幾個記憶深刻的。

其一，有個活動專案，原本談好整個活動總預算，在接近開始的前幾日，窗口負責人突然來個訊息說要縮減外包給我的活動費總預算兩成，因為已經到了執行日期，加上他以前給我的也不只這個專案，所以也就義氣相挺，撙節完成活動。但我也決定，幫忙就最後一次，日後不會再接。

其二，我曾經和太太幫忙一個哈日網站翻譯日語新聞，沒想到這家網路公司後來竟然積欠了我們三個月的翻譯費，遲遲沒有匯款過來；正當我們決定收手不再供稿且準備催討欠款的時候，接獲律師事務所的雙掛號來函，告知網站倒閉清算。我們連去搶搬東西都來不及，再看看清償順位，最後認了做白工！每次談到這件事，都會想起懷孕的太太坐在電腦前面查資料、翻譯新聞的背影，就又燃起對這家網站經營者的憤怒。

其三，曾經獲聘擔任一個評審，在執行前，這家機構的窗口突然來函告知：活動的總預算被公司砍半，希望配合整體預算的縮減，專家評審費也減半；原本覺得可以配合專案整體，但知道如果執行起來，我的酬勞連自己帶的研究所學生當助理的打工時薪都不到，這算是尊重專業嗎？莫非要我忍辱負重？後來，我直接拒絕擔任評審，雖然後來這位窗口來訊息告知評審費再給我調高一些，但我跟他說：怎麼會是錢的問題呢？謝謝，不要再聯絡！

其四，我接過一個市場調查專案，前後執行三年，年年調降預算，到了第三年，我覺得已經不再是一份專業有被尊重的工作了，決定接案後直接轉包給學生，因為那個專案的酬勞其實已經調低到變成學生價了。

其五，我到業界擔任講師，也知道業界能付的講師費大概都是學校單位的三倍起跳，這讓我投以期待；因為通常是好友牽的線，所以偶會遇到景氣因素和經營成本考量而臨時被刪減講師費，但只要先說清楚，好友的場子，絕對挺到底，續命完成。

其六，我接過比較特別的市場調查專案，是一個音樂平台是否要付費的網路消費行為調查，我們團隊整理了收集到的調查資料，在期中報告時向廠商提出可能的最終結果。我們明白告知廠商，消費者大都不傾向廠商想要的結果（收費），最後廠商評估後續的活動規劃難以獲致行銷效果，於是決定中止調查分析，也取消後續的結案報告、記者會和媒體露出。我很安慰的是廠商並沒有要我的團隊去竄改資料來配合他們的成果發表，而且也領到相對應的問卷設計費、執行調查的工錢、出席車馬費等等。

斜槓外三章　其實有錢賺，但最後完全沒收到錢的工作

我不是很喜歡書冊或影片的翻譯工作，但卻曾經擔任過「日語短片翻譯員」，只因為有一個學生在工讀的傳播公司，想翻譯一部日本短片，找我幫忙。沒說多少酬勞，只說「就一般行情，公司到時會給」。因為很趕，所以當天我就接案，然後花了七、八個小時執行完畢，翻譯成中文，且清楚標明每個畫面的時間斷點。就在我交付

成品後幾天，學生跟我說：「老師，我們老闆說那個短片不用了！那酬勞，可能要再問問有沒有……」最後我發現，交了差，卻收不到錢。二十幾年後，我參加了這個學生班上的同學聚會，畢業後就一直沒有再見過面的這個學生，也來了。聚餐後，幾個學生和我共乘一部車子回家，就在我下車前，她跟我說：「老師，對不起，當年請你幫忙的那個工作，沒給你錢……」這件事情，我沒有忘記，但現在可以放下了。

接著，我的第五十六個賺到錢的斜槓人生，繼續走……

釀文學264　PG2692

我55個賺到錢的斜槓人生

作　　者　許人杰
責任編輯　尹懷君
圖文排版　陳彥妏
封面設計　王嵩賀

出版策劃　釀出版
製作發行　秀威資訊科技股份有限公司
114 台北市內湖區瑞光路76巷65號1樓
電話：+886-2-2796-3638　傳真：+886-2-2796-1377
服務信箱：service@showwe.com.tw
http://www.showwe.com.tw
郵政劃撥　19563868　戶名：秀威資訊科技股份有限公司
展售門市　國家書店【松江門市】
104 台北市中山區松江路209號1樓
電話：+886-2-2518-0207　傳真：+886-2-2518-0778
網路訂購　秀威網路書店：https://store.showwe.tw
國家網路書店：https://www.govbooks.com.tw
法律顧問　毛國樑　律師
總 經 銷　聯合發行股份有限公司
231新北市新店區寶橋路235巷6弄6號4F
電話：+886-2-2917-8022　傳真：+886-2-2915-6275

出版日期　2022年7月　BOD一版
定　　價　320元

讀者回函卡

Printed in Taiwan

國家圖書館出版品預行編目

我55個賺到錢的斜槓人生 / 許人杰著. -- 一版.
-- 臺北市 : 釀出版, 2022.07
面； 公分. -- (釀文學 ; 264)
BOD版
ISBN 978-986-445-636-9(平裝)

863.55 111001444